지은이 \ **조르조 바사니**

1916년 3월 4일 이탈리아 볼로냐에서 태어난다. 부유한 유대인 집안 출신으로, 유년기와 청년기를 페라라에서 보낸다. 1934년 볼로냐 대학 문학부에 입학해 미술사가 로베르토 론기에게서 수학한다. 대표적인 반파시즘 지식인 베네데토 크로체의 글에 심취해 있던 대학 시절, 페라라의 일간지『코리에레 파다노』를 통해 작품을 발표하기 시작한다. 1938년 반유대주의적 인종법이 선포될 무렵부터 반파시즘 활동에 참여하다 1943년 체포되어 구금된다. 무솔리니가 실각하면서 풀려난 뒤 로마에 정착한다. 이차대전 후에는 본격적으로 작품 활동을 해나가는 동시에, 당대를 풍미한 문예지『보테게 오스쿠레』『파라고네』, 그리고 펠트리넬리 출판사의 편집장으로서 뛰어난 역량을 발휘한다.

바사니 문학의 원천은 '페라라'와 '유대인'이다. 작품 대부분이 무솔리니의 파시스트당 집권기를 전후한 페라라가 무대다. 혹독한 시대 상황을 배경으로 부르주아 의식의 혼란상을 파헤치는 예리한 묘사, 영화적·회화적 장면 구성, 증언담에 가까운 독특한 반직접화법, 역사와 집단으로부터 모욕당한 개인의 의식을 포착해낸 서정적인 문체로써 페라라의 역사와 일상을 정치하게 그려내어, 페라라 유대인 공동체의 증인이자 '기억의 작가'로 불리며 20세기 이탈리아 문학의 대표 작가가 된다.

바사니 문학의 결정판은 일명 '페라라 소설 연작'으로 불리는 작품들의 모음집인『페라라 소설』(1980)이다. 이전에 따로 출판했던 여섯 권의 책—『성벽 안에서』(1956, 스트레가 상),『금테 안경』(1958),『핀치콘티니가의 정원』(1962, 비아레조 상),『문 뒤에서』(1964),『왜가리』(1968, 캄피엘로 상),『건초 냄새』(1972)—을 한데 모아 펴낸 것으로, 무대는 같으나 스포트라이트가 여러 인물에게 돌아가며 비춰지는 각각의 이야기들은 파시즘 치하의 페라라가 지닌 역사적 면면을 거울놀이하듯 눈부시게 비춘다. 이 가운데 단편「1943년 어느 날 밤」과『금테 안경』『핀치콘티니가의 정원』은 모두 영화로도 만들어진다. 소설 외에도 다수의 시집을 출간한 바사니는 1982년『운율 있는 시와 없는 시』로 바구타 상을 수상한다. 2000년 4월 로마에서 생을 마치고 페라라의 유대인 묘지에 안장된다.

금
테
안
경

GLI OCCHIALI D'ORO
by Giorgio Bassani

Copyright ⓒ 1958, 1970, 1974, 1980, Giorgio Bassani
Korean translation copyright ⓒ MUNHAKDONGNE Publishing Corp., 2016
All rights reserved.

Korean translation rights by arrangement with
The Wylie Agency(UK) LTD.

이 도서의 국립중앙도서관 출판예정도서목록(CIP)은 서지정보유통지원시스템 홈페이지
(http://seoji.nl.go.kr)와 국가자료공동목록시스템(http://www.nl.go.kr/kolisnet)에서
이용하실 수 있습니다. (CIP제어번호: CIP2016013325)

금테 안경

조르조 바사니 선집 2
김희정 옮김

Gli occhiali d'oro
Giorgio Bassani

문학동네

일러두기

1. 이 책은 다음의 원서를 옮겼다.
   Giorgio Bassani, *Gli occhiali d'oro*, Milano: Feltrinelli, 2013.
2. 원문에서 이탤릭체로 강조한 곳은 여기서 고딕체로 표시했다.
3. 단행본이나 신문은 『 』로, 시 한 편이나 글을 가리킬 때는 「 」로, 그림이나
   노래 등은 〈 〉로 표시했다.

차 례

금테 안경 007

1

시간이 기억을 흐리기 시작했지만, 아직은 페라라에서 파디가티 선생님을 기억하는 사람이 적지 않을 것이다(에르베 광장에서 가까운 고르가델로 거리에 진료소와 거처가 있던 이비인후과 의사이자 마지막에 너무도 비극적으로 생을 마감한 가엾은 남자 아토스 파디가티 말이다. 젊은 나이에 고향 베네치아를 떠나 우리 도시로 왔을 때, 그는 누구보다 순조롭고 평온한 삶을, 그렇기에 더욱 누구나 부러워할 만한 삶을 살 것만 같았다……).

때는 일차대전이 끝난 직후인 1919년이었다. 이 글을 쓰고 있는 나는 당시 나이가 어렸으므로 그 시대의 다소 막연하고 혼란스러운 인상 정도만 서술할 수 있다. 시내 중심가의 카페는 군복 차림의 장교들로 북적거렸고, 붉은 깃발을 펄럭이는 트럭들이 조베카 대로와 (현재는 마르티리델라리베르타 대로로 이름이 바뀐) 로마 대로로 쉴새없이 지나갔다. 성城* 북측 맞은편에서 공사중인 제네랄리 보험회사 건물의 정면을 뒤덮은 비계에는 큼지막한 진홍색 선전 현수막이 걸려 있었다. 거기에는 사회주의의 친구들과 적대자들에게 '레닌 식전주'나 같이 한잔 나누자고 초청하는 문구가 적혀 있었다. 한편을 이룬 농민들과 급진적인 노동자들이 재향군인들과 난투를 벌이는 일도 거의 매일같이 일어났다…… 이후 이십 년 동안† 어른으로 성장한 모든 이들의 유년기를 물들였던 이처럼 과열되고 소란스러우면서도 전반적으로 안일한 분위기는 어떻게든 베네치아인 파디가티에게 유리하게 작용했다. 전쟁 이후 괜찮은 집안의 젊은이들이 다른 지역에 비해서도 유난히 자유업으로 돌아가기를 꺼렸던 만큼, 우리 도시에서는 그가 은연중에 터전을 잡기 쉬웠으리라. 1925년, 시민들 사이에서 소란이 잦아들고, 거대 국가 정당을 조직한 파시즘이 후발 주자 모두에게 유리한 지위를 제안할 만한 힘을 갖게 되었을 때, 아토스 파디가티는 근사한 개인병원의 소유주이자 새로 지은 대형 병원 산탄나의 이비인후과 과장으로서 페라라에서 이미 견고하게 기반을 잡았다.

　　말하자면, 성공하였다. 그는 이제 미숙하기는커녕 그런 시

* 과거 페라라를 지배했던 데스테 가문의 성으로, 14세기 페라라 중심부에 지어졌다.
† 소설이 전개되는 시대적 배경은 파시스트 통치 기간이다. 이탈리아에서 파시즘 운동은 1919년에 시작되었고, 이를 주도한 베니토 무솔리니가 국가파시스트당을 창당하고 집권한 기간은 1921년부터 1943년까지였다.

절조차 없었던 사람 같았다. 모두들 그가 베네치아를 떠나온 이유에 대해(언젠가 그가 직접 말하기도 했는데), 타지에서 행운을 잡기 위해서가 아니라 몇 년 사이 양친 모두와 끔찍이 사랑하던 여동생의 죽음을 지켜봐야 했던 대운하 위 드넓은 집의 고통스러운 분위기에서 벗어나기 위해서라고 알고 있었다. 그의 공손하고 신중한 태도, 눈에 띄는 청렴함, 가난한 환자들에게 자비를 베푸는 고귀한 정신을 사람들은 높이 샀다. 하지만 이런 이유보다도 외모에서 풍기는 인상이 먼저 그에게 호감을 느끼게 했다. 수염 없는 매끈한 뺨에 창백한 안색 위로 금테 안경이 유쾌하게 빛났고 사춘기의 위기를 기적적으로 견뎌낸 선천성 심장병 환자의 통통한 육체도, 항상, 심지어 여름에도 부드러운 영국산 모직 외투에 싸여 있는 그 살진 몸도 전혀 불쾌하게 여겨지지 않았다(전쟁 동안 그는 건강상의 이유로 우편 검열관으로 복무해야 했다). 여하튼 분명 그에게는 뭔가 단번에 사람들을 매료하고 안심시키는 면이 있었다.

그가 매일 오후 네시부터 일곱시까지 환자를 받았던 고르가넬로 거리의 진료소는 완벽한 성공의 상징이었다.

정말이지 현대적인 병원으로, 그때까지 페라라에서 어떤 의사도 그와 비슷한 곳을 연 일이 없었다. 청결, 효율성, 널찍한 공간까지 흠잡을 데 하나 없는 진료소에 견줄 만한 곳이 있다면 오직 산탄나 병원뿐이었다. 여덟 칸의 작은 대기실을 갖춘 진료소뿐 아니라 그와 같은 수의 방이 딸린 근처의 개인 아파트도 자랑거리였다. 우리 도시의 사람들, 특히 사회적으로 더 주목받는 시민들은 이런 것들에 사족을 못 썼다. 이곳 출신의 나이 지긋한 다른 서너 명의 전문의들이 개별적인 존경심에 이끌려 찾아오는 각자의 고객들을 계속 진료하고 있었지만, 지나치게 가족적이고 미심쩍기까지 한 그 무질서한 곳을 사람들은 불현듯 견딜 수 없게 되었다. 파디가티의 병원을 방문한 사람이면 그럴 수밖에 없었다. 다른 의사의 병원에 가면 환자들은 얄팍한 칸막이벽을 통해 항상 유쾌하게 북적대는 다른 집의 소리가 아득히 들려오는 대기실에 앉아 짐승처럼 다닥다닥 붙어 있어야 했다. 20와트 전구의 희미한 불빛 아래서, 타일에 적힌 "침 뱉지 마시오!"와 같은 경고문이나 대학 교수 혹은 동료 의사들의 캐리커처 따위가 붙어 있는 서글픈 벽을 훑는 것 말고는 눈을 둘 곳이 없었다. 게다가 의대생들이 다 모인 앞에서 끔찍한 관장 시술을 받는 환자들하며 더 불행하고 암담한 모습, 이를테면 외과 의사로 변장한 죽음의 화신이 비웃음을 흘리며 집도하는 개복수술 장면 같은 것은 또 어떻고! 이런 일이 어떻게 가능했을까! 어떻게! 중세 시대에나 있었을 법한 대우를 여태껏 참고 견뎠단 말인가?

머지않아 모두들 파디가티의 병원으로 향했고, 이것은 단순히 유행이라기보다는 실질적이고도 바람직한 처방이었다. 차디찬 바람이 두오모 광장에서 고르가델로 거리로 쉭쉭거리며 몰아치는 어느 겨울 저녁, 모피 코트를 두른 한 부유한 부르주아가 아주 가벼운 인후염을 핑계로 그 병원을 찾는다. 반쯤 열린 작은 현관으로 들어가 두 계단씩 올라서 유리문의 초인종을 울리면 황홀한 빛을 발하는 출입구 너머로 새하얀 가운을 입은 젊은 간호사가 미소지으며 그를 맞는다. 거기에는 자신의 집보다, 어쩌면 상인클럽이나 연합클럽*보다 더 따뜻하게 열기를 내뿜는 난방기가 있다. 안락의자와 소파가 넉넉하게 배치되어 있고, 최근 신문과 잡지, 강렬한 백색광을 뿜는 전등갓 스탠드가 어김없이 놓인 작은 탁자들이 있다. 그는 온기 속에서 잠깐 눈을 붙이거나 삽화가 들어간 잡지들을 뒤적이다가 지루한 기분이 들어 자리에서 일어선다. 그런 다음 홀린 듯이 벽에 촘촘하게 걸린 고대와 현대의 그림 및 판화를 감상하며 한 대기실에서 다른 대기실로 돌아다닌다. 그러다 마침내 온화하고 붙임성 있는 의사를 만나고, 의사는 환자의 목 상태를 진찰하는 '그곳'으로 친히 안내하는 동안 아주 고상한 신사로 변한다. 자신의 환자가 며칠 전 저녁 볼로냐의 시립극장에서 오페라 〈로엔그린〉에 출연한 아우렐리아노 페르틸레의 노래를 들었는지 알고 싶어 안달하는 것 같다. 혹은 어떤 대기실의 이러이러한 벽에 걸려 있던 데 키리코의 회화나 '카소라티'†류의 작품을 유심히 보았는지, 그리고 데 피시스‡라는

* 페라라의 '상인클럽Circolo dei Negozianti'과 '연합클럽Circolo dell' Unione'은 전통적으로 남성들만 가입했던 '신사동호회Club per gentiluomini'의 일종이다. 18세기 후반부터 이탈리아 여러 도시에서는 사회 주요 인사나 상류층 남성들로 구성된 회원제 사조직이 만들어졌다. 페라라의 상인클럽은 1861년에, 연합클럽은 1803년에 결성됐으며 두 단체는 현재도 운영된다.

† Felice Casorati(1883~1963). 이탈리아 화가이자 판화가로 독특한 색채와 섬세한 묘사가 돋보이는 초상화와 정물화를 주로 그렸다.

‡ Luigi Filippo Tibertelli de Pisis(1896~1956). 페라라 출신의 이탈리아 화가로 조르조 데 키리코, 카를로 카라와 예술적 교류를 하며 형이상학적인 영감을 회화에 표출했다.

다른 화가의 작품이 마음에 들었는지 궁금해한다. 마지막에 언급한 화가 필리포 데 피시스가 페라라 출신의 매우 전도유 망한 젊은 화가라는 것은 고사하고 처음 듣는 이름이라고 환 자가 자백하면, 의사는 엄청난 놀라움을 감추지 못한다. 그의 병원은 편안하고 즐겁고 품위 있는 장소이자, 정신적인 자극 제가 되기도 하는 공간이었다. 그곳에서는 시간이, 심각한 문 제들이 곳곳에 깔렸던 지방 도시의 저주받은 시간이 유쾌하 게 흘러갔다.

2

작고 투명한 사회에서는 자신의 삶에서 공적인 영역과 사생활을 분리하고자 하는 정당한 요구만큼 무분별한 관심을 불러일으키는 것도 없다. 그렇다면, 간호사가 마지막 환자를 보내고 유리문을 닫은 뒤, 아토스 파디가티에게는 도대체 무슨 일이 벌어질까? 의사가 퇴근 이후에 보내는 지극히 개인적인 시간에 대한 주변 사람들의 호기심은 끊이지 않았다. 그렇다, 파디가티에게는 온전히 헤아릴 수 없는 무언가가 있었다. 하지만 이조차 그에게는 호감을 사고 마음을 끄는 요인이 되었다.

파디가티가 오전 시간을 어떻게 보내는지는 누구나 훤히 꿰고 있었다.

오전 아홉시부터 이미 산탄나 병원에서 진찰과 수술(그는 수술도 했는데, 양쪽 편도선을 제거하거나 유양돌기를 절개하는 등의 수술이 매일같이 잡혀 있었다)을 했으며, 오후 한시까지 근무했다. 그런 뒤 한시와 두시 사이에 그가 조베카 대로를 다시 걸어가는 모습이 자주 목격되었다. 그는 외투 주머니에 일간지 『코리에레 델라 세라』를 꽂은 채 기름에 절인 다랑어를 손에 들거나 슬라이스 햄 꾸러미를 새끼손가락에 매달고 걸어갔다. 그러니까 집에서 점심을 먹는 모양이었다. 그런데 그는 요리사를 두지 않았고, 집과 진료실을 청소하는 시간제 가정부도 간호사보다 한 시간 전인 오후 세시경에야 나타났다. 따라서 그는 자기 손으로 직접 일용할 양식을 준비한 셈인데, 이 사실만으로도 이미 충분히 유별스러워 보였다.

저녁식사 때도 당시 품격 있는 곳으로 꼽히던 도시의 몇 안되는 레스토랑, 즉 빈첸초, 산드리나, 트레갈레티에 그가 나타나기를 바라는 것은 헛된 일이었다. 가정식 요리로 유명해 중년의 독신남들이 많이 찾던 그란키오 골목의 식당 로베라로에도 오지 않았다. 하지만 이것이 그가 점심때처럼 집에서 식사한다는 의미는 아니었다. 그는 저녁때 집에 머물러 있는 날이 없는 듯했다. 여덟시나 여덟시 십오분경 고르가델로 거리에서는 막 집 밖으로 나선 그의 모습을 종종 볼 수 있었다. 입구에서 그는 위를 쳐다보고 오른쪽과 왼쪽을 살피며 가야 할 방향과 시간을 종잡을 수 없는 사람처럼 잠시 머뭇거렸다. 그러다가 드디어 발걸음을 옮겨 늘 그렇듯 때마침 밀려드는 군중의 물결에 합류했으며, 마치 베네치아의 메르체리에 거리를 거닐듯 베르살리에리델포 거리의 휘황찬란한 진열장 앞을 느긋하게 지나치는 것이었다.

어디로 가는 걸까? 얼핏 보기에는 딱히 정해진 행선지 없이 여기저기를 어슬렁거리며 돌아다니는 것 같았다.

고된 일과를 마치면, 그는 군중 속에서 즐거움을 찾곤 했다. 흥겹고 떠들썩하며 얼굴 없는 군중. 저녁 여덟시에서 아홉시 사이, 키 훤칠하고 뚱뚱한 체형에 신사용 중절모를 쓰고 노란 장갑을 낀 그의 모습은 도시 어디서나 사람들의 눈에 띄었다. 겨울이라면 주머니쥐 모피로 안감을 댄 외투를 입고 오른쪽 주머니에는 지팡이의 손잡이 부분이 걸려 있을 것이다. 이따금씩 그는 마치니 거리와 사라체노 거리에 있는 몇몇 상점 앞에 가만히 선 채 앞에 있는 누군가의 어깨 너머로 진열장을 응시했다. 종종 두오모 성당의 남쪽 측면이나 트라발리오 광장 또는 가리발디 거리에 줄지어 늘어선 장신구나 당과류를 파는 노점상 앞에서 발걸음을 멈추고는 가판에 진열된 싸구려 물건들을 잠자코 물끄러미 바라보기도 했다. 어쨌든 파디가티가 가장 빈번하게 지나다닌 곳은 산로마노 거리의 비좁고 혼잡한 인도였다. 튀긴 생선과 살라미, 포도주, 싸구려 옷감에서 풍기는 시큼한 냄새가 가득하고 무엇보다 평범한 여인네, 군인, 청년, 망토를 걸친 농부들로 붐비는 그곳의 낮은 주랑 아래서 생기 있고 쾌활하고 기쁨에 찬 눈빛을 반짝이며 얼굴 한가득 희미한 미소를 머금은 그를 보는 일은 놀랍기만 했다.

"안녕하세요, 선생님!" 누군가가 뒤에서 소리쳤다.

인파에 휩쓸려 이미 멀리 가버린 그가 몸을 돌려 그 인사에 대답할 수는 없었을 것이다.

그는 한참 뒤, 열시가 넘어서야 도시에 있는 영화관 네 군데, 그러니까 엑첼시오르, 살비니, 렉스, 디아나 중 한 곳에 다시 나타났다. 하지만 거기서도 그는 상류층 인사들이 무슨 사교계 모임이라도 되는 양 늘 한데 어울려 있던 이층의 반원형 관람석보다는 일층의 뒷좌석을 더 좋아했다. 최악의 '서민 폭도' 가운데 뒤섞인 말쑥한 신사를 내려다보던 상류층 인사들의 당혹감이란! 그들은 언짢은 시선을 다른 곳으로 돌리며 한숨지었지만, 그것이야말로 보헤미안 기질마저도 과시하려는 참으로 고상한 그만의 취미가 아니었을까?

1930년 무렵은 파디가티가 이미 마흔 살에 접어든 때였으므로 적잖은 사람들이 그가 시급히 아내를 얻어야 한다고 여기기 시작했다. 이러한 얘기는 고르가넬로 거리의 진료소 대기실에 나란히 앉은 환자들 사이에서 은밀히 오갔다. 순진무구한 의사가 주기적으로 모습을 드러내는 전용 샛문으로 빼꼼 얼굴을 내밀며 "이리로 오세요"라고 부르기를 기다리면서. 이 화제는 나중에 부부 동반 저녁식사 모임에서도 자주 거론되곤 했는데, 이때 수프에 코를 박은 채 귀를 쫑긋 세우고 있는 아이들이 누구에 대한 내용인지 알아챌 수 없게끔 대화는 조심스레 오갔다. 그리고 부부가 침대에 들 때도(여기서는 스스럼없이) 파디가티의 결혼 얘기는 빠지지 않고 등장했다. 보통 "잘 자"라는 인사와 입맞춤을 나누고 잠들기 직전, 긴 하품을 하며 보내는 소중한 삼십 분 가운데 오 분이나 십 분을 그 비밀 얘기에 내어주었다.

부인들에게건 남편들에게건, 그처럼 능력 있는 남자가 아직도 가정을 꾸리지 않았다는 사실은 터무니없는 일이었다.

다소 '예술가적인' 기질이 있긴 하지만, 그는 전반적으로 매우 진지하고 차분한 성품을 지닌 사람이었다. 대학 학위를 가진 오십 세 이하의 페라라 시민 중에서 어느 누가 그보다 더 좋은 평판을 누리겠는가? 그는 모두에게 친절할 뿐 아니라 부자였으며(그렇고말고, 돈이라면 이미 원하는 만큼 벌었으니!) 페라라에서 가장 중요한 두 단체의 정회원이기도 했다. 그는 가문의 문장이나 유산이나 토지의 소유 여부를 떠나 모든 귀족층은 물론, 전문직에 종사하거나 장사를 하는 부르주아와 서민층에게도 똑같이 환영받았다. 게다가 '천성적으로 정치에 무관심한' 성향이라고 조용히 표명했음에도 불구하고 그에게는 파시스트당 당원증까지 주어졌다. 파시스트당 지부장이 친히 그에게 반드시 주고 싶어했다고 한다. 지금 그에게 무엇이 부족하겠는가? 매주 일요일 아침 산카를로 성당이나 두오모 성당에 동행하고, 저녁이면 영화관에 데려갈 모피와 보석을 두른 아름다운 여자 말고는 없을 것이다. 그런데 어째서 그는 여자를 찾는 일에 그토록 무관심한 걸까? 어쩌면, 그래, 어쩌면 재봉사, 가정부, 하녀 등 드러낼 수 없는 어떤 천한 신분의 여자와의 관계에 휘말렸을지 모른다. 또 어쩌면 많은 의사가 그러하듯 간호사에게만 끌리는지도 모를 일이다. 그래, 바로 이것 때문일 수 있다. 그의 병원을 거쳐간 간호사들 모두 그렇게 예쁘고 요염하지 않았던가! 하지만 이와 같은 추측이 사실이라면(그나저나, 아무것도 정확하게 밝혀지지 않았다는 점이 의아한 건 사실이다!) 그는 어떤 이유에서 결혼하지 않은 걸까? 당시 페라라의 의사 중에서 가장 명망 높은 팔십 세의 병원장 코르코스에게 닥친 것과 같은 결말을 기대한 걸까? 소문에 의하면, 그 병원장은 수년간 젊은 간호사와 관계를 가지다가 그녀 가족들의 강요로 평생 그녀를 책임지게 됐다고 한다.

이 도시에서는 이미 파디가티 부인에 걸맞은 신붓감 찾기에 열을 올리고 있었다(하지만 이것은 이런저런 이유에서 말이 안 되는 일이었다. 어느 밤 에르베 광장의 엑첼시오르나 살비니 영화관에서 사람들이 한꺼번에 쏟아져나올 때 광장 구석에서 불쑥 모습을 드러냈다가 이내 베르살리에리델포 거리 옆의 어두운 틈으로 사라져 집으로 향하는 고독한 남자에게 안성맞춤인 여자는 결코 없을 것 같았으니까). 그러다가 갑자기, 어디에서 시작됐는지는 알 수 없으나 이상한 얘기, 아니 아주 괴상망측한 소문이 들려오기 시작했다. "그거 알아? 아무래도 파디가티 선생님이……" "소문 들었어? 베르살리에리델포 거리 모퉁이에 있는 고르가델로 거리에 사는 그 파디가티 선생님 알지? 그분이 말이야……"

3

몸짓과 찡그린 표정이면 되었다.

파디가티가 '그거'라고, '그런 사람'이라고 말하는 것으로도 충분했다.

하지만 이따금 부적절한 일, 특히 동성애와 같은 문제를 말할 때 그러하듯, 사투리를 써가며 비웃는 사람들이 있었다. 우리 지역에서도 언제나 사투리는 상류층의 언어보다 훨씬 더 악의적이었다. 그다음엔 우수에 찬 감정이 덧붙었다.

"그럴 만해."

"이상하긴 했어, 확실히."

"어째서 진작 그 생각을 못했을까?"

하지만 사람들은 파디가티의 결함을 늦게나마(그것을 알기까지 십 년이 넘게 걸렸다니, 어떻게 그럴 수 있나!) 알게 된 것에 대해 별로 불쾌하게 여기지 않았고, 오히려 안심하며 대체로 즐거워했다.

급기야 사람들은 어깨를 으쓱하면서, 몹시 수치스러운 비행일지라도 그 남자의 방식을 인정하지 못할 이유가 뭐가 있느냐고 외쳤다.

놀라움과 당혹감에 휩싸인, 거의 감탄에 가까운 처음의 충격 이후 파디가티에게 너그러운 마음을 가지게 된 것은 다름 아닌 그의 태도 때문이었다. 단연 으뜸으로 꼽을 만한 그의 태도, 언제나 눈에 확 띄는 배려와 신중함은 그의 취향을 감추고 추문을 잠재웠다. 이제 모든 것이 밝혀졌으니 그의 비밀은 더이상 비밀이 아니라고 사람들은 말했으며, 마침내 그를 어떻게 대해야 하는지 알게 되었다. 햇살이 밝은 낮에는 그에게 최대한 경의를 표하고, 밤에는 산로마노 거리의 인파에 떠밀려 그의 곁에 바싹 붙어 서게 되더라도 알아보지 못한 듯 행동하는 것. 영화 〈지킬 박사와 하이드〉 속 프레드릭 마치처럼 의사 파디가티는 두 삶을 살았다. 하지만 누군들 안 그렇겠는가?

안다는 것은 이해하는 것, 더는 궁금해하지 않는 것, '내버려두는 것'과 같았다.

기억하건대, 전에 영화관에 들어서면서 가장 번거로웠던 일은 그가 언제나처럼 뒤쪽에 있는지 확인하는 것이었다. 다들 그의 습관을 알고 있었고, 그가 절대로 자리에 앉지 않는다는 것도 알아챘다. 사람들은 이층 발코니석 난간 저 아래쪽 어둠 속을 훑으면서, 비상구와 화장실 문 옆의 지저분한 벽을 따라 그를 찾았다. 그의 금테 안경이 때때로 연기와 어둠을 가로지르며 내보내는 특유의 빛을 포착할 때까지 뚫어져라 응시했다. 정말이지 놀라울 정도로 끝없이 멀리 발산되는 작고 초조한 섬광…… 하지만 지금은 어떤가! 영화관에 들어서자마자 곧장 그의 존재를 확인하는 일이 뭐 그리 대수겠는가? 그리고 실내에 불이 켜지는 순간을 안절부절 기다릴 필요가 있을까? 서민들의 일층 객석을 드나들며 1.20리라짜리 좌석으로 채워진 저 아래의 끔찍한 세상에서 모든 사람이 지켜보는 가운데 자신이 하고 싶은 것에 몰두할 권리가 인정되는 부르주아 남자가 페라라에 있다면, 그는 다름아닌 파디가티 선생님일 것이다.

파디가티가 일 년에 두세 번 참석하는 상인클럽이나 연합클럽(앞서 밝혔듯이 그는 1927년부터 이 두 단체의 일원이었다)의 만찬에서도 사람들의 태도는 마찬가지였다.

예전에는 다들 얼굴에 놀라움과 당황스러움이 뒤섞인 표정을 띨 준비를 한 채, 포커와 에카르테 같은 카드 게임 테이블을 그냥 지나치고 당구대가 놓인 방도 가로질러 가버리는 그를 바라보곤 했다. 지금은 달라졌다. 서재 문으로 향하는 그의 뒷모습을 쫓느라고 녹색 테이블에서 시선을 떼는 일은 거의 없어졌다. 그는 살아 있는 영혼이라곤 없는 서재에서 벽난로의 일렁이는 불빛을 희미하게 반사하는 프라우 가죽소파에 파묻혀 마음 편히 틀어박혔다. 집에서 가져온 과학 서적을 읽느라 자정을 넘기기도 했다. 이제 그와 같은 기묘한 행동을 어느 누가 나무라겠는가?

그뿐만이 아니었다. 이따금 그는 여행을 떠났다. 그의 말을 그대로 빌리자면, "모종의 도피"를 자신에게 허락했다. 비엔

날레가 열리는 베네치아를 방문하거나 피렌체의 마조 콘서트홀을 찾기도 했다. 그럴 때면 밤늦은 기차에서 사람들과 마주치는 일이 생기기도 했다. 1934년의 겨울, 페라라 사람들 몇몇이 피렌체의 베르타 경기장으로 축구 경기를 보러 갔다 오는 기차에서 그런 일이 있었다. 레노 강과 포 강의 평행한 제방 사이에 갇힌 좁은 지역 밖에서 아는 얼굴을 만나면 페라라 사람들은 거의 반사적으로 "이게 누구야!" 하며 짓궂게 고함을 쳐대기 일쑤였지만 파디가티에게는 누구도 그러지 않았다. 그들은 파디가티를 불러 같은 객실에 앉게 했으며 극진한 배려를 아끼지 않았다. 음악 애호가와는 거리가 먼 우리의 착한 스포츠맨들(바그너라는 이름만 들어도 슬픔의 바다에 잠길 지경이다!)은 얌전히 앉아 그날 오후 피렌체 시립 극장에서 브루노 발터가 지휘한 오페라 〈트리스탄과 이졸데〉에 관한 파디가티의 열정 가득한 감상을 경청했다. 파디가티는 오페라의 음악과 "독일인 마에스트로"의 훌륭한 해석에 대해, 그리고 특히 그가 "그저 사랑의 긴 탄식이었으니"라고 평한 오페라의 제2막에 대해 이야기했다. 장미 덤불의 꽃가지에 완전히 둘러싸인 작은 벤치, 다시 말해 명백하게 신방新房을 상징하는 자리에 앉은 트리스탄과 이졸데가 죽음과도 같은 영원한 쾌락의 밤으로 빠져들기 직전에 부른 사십오 분간의 아리아에 대해 장황하게 늘어놓으면서, 파디가티는 안경 너머의 눈을 반쯤 감은 채 황홀하게 미소지었다. 주위 사람들은 아무 말 없이 그가 말하도록 내버려두었다. 이따금 낭패스럽다는 눈길을 은밀하게 주고받았을 뿐.

이처럼 나무랄 데 없는 행동으로 자기 주변에 너그러운 관용의 분위기를 조성한 이는 바로 파디가티 자신이었다.

결국 사람들은 그에 대해서 구체적으로 어떤 생각을 갖고 있었던 것일까? 예를 들면, 마리아 그릴란초니 부인 같은 사람에 관해 이야기할 때 예상할 수 있는 바와는 사뭇 달랐다. 페라라 유수의 귀족 가문에 속하는 그 칠십대 부인은 아침에 자기 집을 방문하는 약국이나 정육점의 사내아이들을 노골적으로 유혹하곤 해 모두의 입에 시시때때로 오르내렸다(가끔은 우습기도 하고 당연히 유감스럽기도 한 그녀의 새로운 소식이 들리기도 했다). 그와는 달리 파디가티의 에로티시즘은 언제나 품위의 분명한 경계 안에 있음이 보장되었다.

그의 많은 친구들과 예찬자들은 이 점을 확신한다고 단언했다. 영화관에서 파디가티가 늘 군인들의 무리에서 그리 멀지 않은 곳(군인들이라면 좋아서 '사족을 못 쓰리라'는 추측을 뒷받침하는 확실한 근거)에 자리잡았던 것은 그들도 인정할 수밖에 없는 사실이다. 하지만 친구들의 반박에 따르면, 그 가엾은 남자가 어느 선을 넘어 군인들에게 다가가거나 거리에서 그들 중 누군가와 같이 걸어가는 것을 본 사람은 아무도 없었다. 더구나 높다란 모자를 눈까지 눌러쓴 피네롤로 기병대의 병사가 무겁고 요란스러운 칼을 옆구리에 낀 채 의심스러운 시간에 의사의 집 앞을 지나는 모습이 눈에 띈 적도 없었다. 그의 얼굴은 분명히 살이 통통하게 오른 그대로였지만 계속되는 비밀스러운 불안감이 드리운 잿빛이었다. 그가 갈구하는 것을 연상시키는 유일한 특징이었다. 그런데 그가 찾는 것이 무엇인지(어디서, 어떻게)에 대해, 확실한 정황을 알고 말할 수 있는 사람이 있을까?

어쨌든 가끔 이에 관한 소문이 들렸다. 깊은 저수지 바닥 진흙탕의 잔거품이 시간의 흐름에 따라 조용히 수면으로 떠올라 터지는 것처럼 천천히, 그리고 어쩔 수 없이, 이따금 이름이 나오고 사람이 거론되고 정황이 드러났다.

내가 또렷하게 기억하는바, 1935년 무렵 파디가티의 이름은 완고한 푸른색 눈을 가진 교통경찰 만세르비지와 관련되어 있었다. 로마 대로와 조베카 대로의 교차로에서 엄숙하게 자전거와 자동차를 지휘하지 않을 때, 몬타뇨네 구역에서 평범한 시민의 옷차림으로 다른 사람들과 구별되지 않는 그의 모습에 가끔씩 나와 다른 친구들은 깜짝 놀랐다. 그는 이쑤시개를 입에 문 채 석양이 질 때까지 끝없이 연장되던 우리의 축구 경기에 기꺼이 동참하곤 했다. 그 이후 1936년쯤에는 다른 사람 이야기가 들렸다. 트라폴리니라는 이름을 가진 시청의 수위인데, 부드럽고 상냥한 성격의 소유자로 결혼해서 자식들도 둔 사람이었다. 그의 깊은 가톨릭 신심과 오페라에 대한 열정은 도시에서 꽤나 유명했다. 그보다 더 나중에, 스페인 내전 초기 몇 달 동안 파디가티의 '친구들'이라는 단출한 명단에는 스팔*에서 뛰었던 전 축구 선수의 이름도 추가되었다. 거무스름한 피부에 천식증이 있으며 이미 관자놀이가 회색의 머리

---

* S.P.A.L(Società Polisportiva Ars et Labor)은 페라라를 연고로 하는 축구팀으로 1907년에 창단되었다.

칼로 덮인 그는, 다름아닌 바우시였다. 1920년부터 1930년까지 십 년간 페라라 청년 스포츠의 우상으로 숭배되다가(누가 그를 잊겠는가!) 은퇴한 지 불과 몇 년 만에 최악의 방편으로 삶을 꾸리는 처지에 놓인 그 올라오 바우시 말이다.

그러니까, 군인들은 없었다. 어떻게 만나게 되었는지 공개적으로 드러난 바는 전혀 없었으며, 그 어떤 추문도 일으키지 않았다. 평범하고 신분 낮은 중년 남성들과의 철저하게 비밀스러운 관계였다. 요컨대 이목을 끌지 않는 평범한 개인, 혹은 적어도 그렇게 보이고자 하는 사람들이었다.

새벽 서너시쯤, 파디가티의 아파트에서는 덧문을 통해 작은 불빛이 매일같이 새어나왔다. 두오모 성당의 보일락 말락 아찔한 처마 위에 늘어서 앉은 올빼미들의 기이한 탄식만이 정적을 깨는 골목길에서 천상의 음악이 희미한 선율로 날아올랐다. 바흐, 모차르트, 베토벤, 바그너. 그중에서도 바그너의 음악이 그 결정적인 분위기를 자아내는 데 가장 제격이었으리라. 그 시간 고르가델로 거리를 흥청거리며 마지막으로 지나는 밤의 방랑자도 교통경찰 만세르비지나 수위 트라폴리니, 또는 전 축구 선수 바우시가 바로 그 순간 의사의 손님으로 와 있다는 사실은 상상조차 못했을 것이다.

4

1936년, 그러니까 지금으로부터 이십이 년 전, 매일 아침
일곱시 몇 분 전에 페라라에서 출발하는 페라라-볼로냐 구간
완행열차는 자그마치 한 시간 이십 분 동안 사십오 킬로미터
의 거리를 달렸다.

순조롭게 운행되는 경우에는 여덟시 십오분이면 목적지에
도착했다. 하지만 코르티첼라를 지나 직선 구간을 쏜살같이
질주하고도, 열차는 툭하면 십 분이나 십오 분씩 늦게 볼로냐
역의 넓은 만곡부로 진입했다(입구의 신호등에서 멈춰야 할
때는 삼십 분을 훌쩍 넘기기도 했다). 최악은 차노 하원의장[*]
이 방문했을 때였다. 그땐 교통부 장관이 직접 나와 초조한 걸

---

[*] Costanzo Ciano(1876~1939). 이탈리아의 군인이자 정치인으로 일차대전에
서 해군 제독으로 이름을 떨쳤으며, 무솔리니 정부에서 장관과 하원의장을 역임
했다. 무솔리니의 딸 에다와 결혼한 외무상 갈레아초 차노의 아버지이다.

음으로 플랫폼을 살피고, 역장의 큼지막한 회중시계를 조끼 주머니에서 연신 꺼내 툴툴대며 시간을 확인하는 등 엄숙하고도 극적인 행동에 매달린 채 기차가 도착하기를 애타게 기다렸다. 하지만 여섯시 오십분발 페라라-볼로냐 열차는 언제나 제멋대로였다. 엄격한 시간 준수를 강제한 국유철도의 시책을 조롱하며 정부를 무시하는 것도 같았다. 하기야 누가 그런 시책에 신경을 쓰고 염려했겠는가? 기차가 드나들던 16번 플랫폼은 온통 풀로 뒤덮이고 지붕이 없는 맨 끄트머리, 갈리에라 성문* 밖의 평야와 맞닿아 있는 자리였다. 망각의 기운으로 둘러싸인 곳이었다.

보통 기차는 단 여섯 칸의 객차로 이루어졌다. 삼등석 다섯 칸, 이등석이 한 칸.

포 강 평야의 12월 아침, 그러니까 볼로냐 대학의 학생이었던 우리가 자명종 소리에 눈을 떠야 했던 그 캄캄한 아침을 떠올리면 아직도 한기가 느껴진다. 카보우르 대로의 세관 장벽 쪽으로 덜커덩거리며 맹렬하게 달리는 전차에 올라, 우리는 보이지 않는 저편에서 반복적으로 울리는 기차의 기적 소리를 들었다. 위협하는 듯한 소리였다. "서둘러, 이제 출발할 거야!" 아니면 "얘들아, 서둘러봤자 소용없어. 난 이미 떠났으니까!" 어쨌든 운전사 옆에 붙어서 속도를 내라 재촉하는 이들은 대부분 신입생이었다. 바로 그해 정치학과에 입학했지만

---

* Porta Galliera. 볼로냐 도심의 북쪽 끝에 있는 성문이다. 20세기 초까지 볼로냐에는 성곽이 있었으나 도시 계획에 따라 성문만 남겨두고 모두 철거되었다.

이미 상급생처럼 태연하고 냉정하게 행동했던 에랄도 델릴리에르스를 비롯한 나머지 우리는 모두 여섯시 오십분 완행열차가 우리를 태우기 전에는 절대 출발하지 않는다는 사실을 잘 알고 있었다. 마침내 전차가 역 앞에 도착하면 우리는 땅으로 풀쩍 뛰어내렸고, 잠시 뒤에는 예상대로 여전히 플랫폼에서 꼼짝 않고 사방으로 새하얀 수증기를 뿜어대고 있던 기차에 올랐다. 델릴리에르스는 하품을 해대며 어슬렁어슬렁 걷느라 언제나 맨 나중에 도착했다. 가끔은 전차에서 깜빡 잠들어버리는 바람에 우리가 그를 억지로 끌어내리기도 했다.

삼등석 객차는, 말하자면 완전히 우리 차지였다. 외판원 한두 명, 역 대기실에서 밤을 보낸 초라한 유랑극단, 그리고 간혹 우리가 친해지고 싶은 마음에 열차 안에서 수작을 거는 극단의 여자 댄서들을 제외하고는 그 시간에 페라라를 나서는 사람은 아무도 없었다.

그렇다고 여섯시 오십분 기차가 언제나 절반은 텅텅 빈 채로 볼로냐까지 간 것은 아니다!

페라라의 짙은 어둠에서 볼로냐의 아침 햇살―눈 덮인 새하얀 산루카 언덕 위에서, 그리고 붉은 바다를 이룬 지붕들과 탑들 가운데 우뚝 솟은 성당의 녹청색 돔 위에서 강렬하게 타오르던―을 향해 느긋하게 나아가는 기차는 노선을 따라 드문드문 흩어진 작은 역에서 꾸준히 새로운 승객들을 받았다.

중학교에 다니는 여학생과 남학생, 초등학교 남녀 교사, 소규모 자작농, 소작인 그리고 넉넉한 망토와 코까지 끌어내린 펠트 모자와 입술 사이에 끼운 이쑤시개나 토스카나 시가로

28

쉽게 알아볼 수 있는 이런저런 가축 상인들이었다. 도시와 가까운 지역의 시골 사람들은 투박한 볼로냐 사투리로 말했다. 우리는 인접한 두세 개의 객실 칸에 틀어박혀서 그들과의 접촉을 피했다. 이 '촌뜨기들'의 쇄도는 레노 강 왼쪽 기슭에서 일 킬로미터쯤 못 미쳐 포조레나티코에서 시작됐으며, 철교를 지나자마자 도착하는 갈리에라에서 재개됐다. 이후 산조르조디피아노, 산피에트로인카잘레, 카스텔마조레, 코르티첼라에서도 반복되었다. 기차가 볼로냐에 도착하면, 왈카닥 거칠게 열린 작은 출구에서 수백 명의 떠들썩한 군중이 16번 플랫폼으로 쏟아져나왔다.

단 하나뿐인 이등석 객차는 아무도 없이 휑했다. 적어도 어느 시점까지, 정확히는 1936년에서 1937년으로 넘어가는 겨울까지는 단 하나의 영혼도 객차에 오르지 않았다.

완행열차를 타고 페라라와 볼로냐 사이를 하루 대여섯 차례 오가는 고정 사인조 열차 승무원은 이등석 객차에서 스코파와 트레세테 게임*으로 아침마다 노름판을 벌였다. 우리 쪽에서는 그곳이 사인조, 즉 차장과 검표원, 제동수, 철도 민병대 하사관의 전용 공간이라는 사실에 익숙해져 있었고(사인조 모두 친절하고 장난스러운 성격이었고, 특히 대학생파시스트단GUF† 학생들이 타기라도 하면 더더욱 그랬지만, 어쨌든

---

* 스코파Scopa, 트레세테Tressette는 이탈리아 카드 게임이다. 스코파는 이탈리아어로 빗자루를 말하는데, 테이블에 남은 마지막 카드를 가져갈 때 싹쓸이한다는 뜻에서 '스코파!'라고 외친다. 트레세테는 숫자 3과 7을 붙인 말이다.

† Gruppi Universitari Fascisti. 국가파시스트당 산하의 대학생 조직.

우린 다른 객차를 이용할 엄두도 내지 못했다), 일을 마친 철
도원들의 사교 모임 장소로 이용되는 것이 처음부터 아주 자
연스럽게 여겨졌다. 그리고 파디가티 선생님이 일주일에 두
번씩 볼로냐로 가기 시작하면서 항상 이등석 차표를 샀던 것
도, 우리는 애초부터 신경쓰기는커녕 그의 존재조차 알아채지
못했다.

좌우간 이 상황은 그리 오래가지 않았다.

나는 눈을 감는다. 데스테 성에서부터 세관 장벽까지, 완전
한 적막에 싸인 카보우르 대로의 넓은 아스팔트 도로를 다시
떠올린다. 오십 미터 정도의 간격으로 서로 멀찍이 떨어져 있
는 도로의 가로등은 아직 모두 불을 밝히고 있다. 전차 안에
서, 눈에 확 띄는 곱사등에 다혈질인 운전사 알드로반디는 노
쇠한 차량에 최대한 속력을 붙인다. 하지만 전차가 세관 장벽
에 이르기 직전, 택시 한 대가 우리 뒤에서 달려온다. 택시는
란차 자동차 엔진 특유의 억제된 소리를 울리며 우리를 빠르
게 추월한다. 녹색 아스투라,* 항상 똑같은 차였다. 매주 화요
일과 금요일 아침, 택시는 카보우르 대로의 매번 거의 같은 지
점에서 우리를 앞질렀다. 그 속도가 얼마나 빨랐던지, 우리를
싣고 무섭게 덜컹대며 마지막 질주에 힘을 쏟는 전차가 역 광
장으로 진입할 즈음 택시는 이미 고객(흰 테를 두른 중절모와
금테 안경을 쓰고 모피 깃이 달린 외투를 입은 통통한 신사)

* Lancia Astura. 이탈리아 자동차 제조회사 란차에서 1931년부터 1939년까지
생산된 승용차 이름.

을 내려주고 다시 차를 도심 쪽으로 돌려 우리와 반대 방향으로 가고 있었다.

우리 중에서 택시의 신사에게 제일 먼저 호기심을 느낀 건 누구였을까? 택시보다 택시 안의 신사를 궁금해한 사람이 누구였을까? 전차 안에서 델릴리에르스가 대개 좌석 나무 등받이에 곱슬곱슬한 금발을 늘어뜨린 채 잠들어 있었던 것은 사실이다: 하지만 분명히 그였을 것이다. 1937년 2월 중순의 어느 아침, 델릴리에르스를 기차에 태우려고 필요 이상으로 많은 친구들이 차문 밖으로 손을 뻗어 그를 거의 끌어올리다시피 할 때, 정기권을 사는 이등석 객실의 단골인 그 아스투라의 신사가 다름아닌 파디가티 선생님이라고 알린 것은 분명히 델릴리에르스였음을 나는 맹세할 수 있다.

"파디가티? 그게 누구지?" 여학생 한 명이 어리둥절해하며 물었다. 비안카 스가르비였는데, 설명을 좀 보태자면 스가르비 자매 중 언니였다(여동생 아틸리아는 세 살이 더 어리고 아직 고등학생이었다. 1937년 초 그때까지 나는 동생을 만난 적이 없었다).

그녀의 질문에 모두 웃음을 터뜨렸다. 델릴리에르스는 자리에 앉아 나치오날리 담배에 불을 붙였다. 매번 그는 실수하지 않도록 한껏 신경을 써서 상표가 표시된 쪽에다 담뱃불을 붙이곤 했다.*

* '나치오날리Nazionali'는 현재도 생산되는 이탈리아 담배 상표이다. 여기 언급되는 담배는 필터가 없는 형태로, 어느 쪽이든 불을 붙일 수 있으나 상표명은 담배의 한쪽 끝부분에만 표시되었다.

당시 마지못해 억지로 문학부 삼학년에 다니고 있던 비안카 스가르비는 전 사회당 하원의원의 조카인 니노 보테키아리와 약혼한 사이나 다름없었다. 사귀는 사이긴 했지만 두 사람은 죽이 잘 맞는 편이 아니었다. 천성이 활달한 비안카는 우리 세대의 젊은이에게, 특히 그녀 자신에게 닥칠 달갑지 않은 미래를 예감이라도 한 듯(이후 그녀는 1942년 몰타 섬에 추락한 공군 장교의 미망인이 되고 만다. 당시 부양할 두 사내아이가 있었던 이 가엾은 여자는 로마에서 항공부처의 임시 직원으로 일하게 된다), 자신을 속박하는 모든 관계를 견뎌내질 못했고, 이 남자에서 저 남자로 옮겨다니며 자신을 편안하게 해주는 사람이라면 누구라도 가리지 않고 어울려 시시덕거리기를 즐겼다.

"그러니까 그 사람이 누군데?" 그녀는 맞은편에 앉은 델릴리에르스를 향해 몸을 기울이며 조용히 다시 물었다.

출입문 옆 구석 맨 끝자리에서는 불쌍한 니노가 몸을 움츠린 채 말없이 고통받고 있었다.

"아, 늙은 게이야." 마침내 델릴리에르스가 고개를 들고는 우리의 친구 비안카의 눈을 똑바로 바라보며 침착하게 말했다.

5

　한동안 그는 열차를 타는 내내 이등석 객차에 홀로 떨어져 있었다.

　기차가 산조르조디피아노 역이나 산피에트로인카잘레 역에 정차할 때를 이용해서 우리 중 누군가는 간이역의 매점에서 먹을 것을 사오는 임무를 띠고 교대로 기차에서 뛰어내렸다. 갓 만든 생살라미 파니니, 비누 맛이 나는 아몬드 초콜릿, 절반은 곰팡이가 핀 오스베고 비스킷 따위를 사곤 했다. 멈춰 있는 열차를 힐긋거리며 객차를 하나하나 지나치다가, 어느 순간 우리는 의사 파디가티가 있다는 것을 알게 되었다. 그는 선로를 가로질러 삼등석 객차로 서둘러 돌아오는 사람들을 자기 객실 칸의 두꺼운 유리창 너머로 지켜보고 있었다. 얼굴에는 부러워하는 표정이 역력했다. 우리가 보기엔 따분하기만 한 시골뜨기 무리를 서글픈 눈빛으로 쫓고 있는 그는 그야말로 감금된 사람 같았다. 얼마나 머물게 될지 모르는 폰차 섬이나 트레미티 섬으로 호송되는 정치범처럼. 두세 개의 객실 칸을 더 지나치면 똑같이 두꺼운 유리창 너머로 차장과 다른 세 동료가 보였다. 그들은 태연하게 카드놀이를 이어갔고, 웃음을 터뜨리고 손을 휘저어가면서 열띠게 언쟁을 벌이곤 했다.

하지만 우리가 예측했다시피, 머잖아 삼등석 객차에서 돌아다니는 그의 모습이 눈에 띄기 시작했다.

기차에서 옆 객차로 통하는 문은 자물쇠로 잠겨 있던 터라 파디가티는 그 문을 열기 위해 (나중에 그가 얘기하기를) 처음 몇 번은 승무원을 찾아가야 했다.

그는 도박판이 벌어진 객실 칸 안으로 머리를 들이밀었다.

"여러분, 실례합니다만, 제가 삼등석 객차로 들어갈 수 있을까요?"

승무원들이 귀찮아한다는 것을 그는 금방 알 수 있었다. 검표원은 열쇠를 챙겨들더니 무례하게 투덜거리고 한숨을 쉬며 교도관처럼 건들거리는 걸음으로 통로를 따라 걸었다. 그리하여, 파디가티는 언제부턴가 직접 하기로 마음먹었다. 열차가 첫번째 정거장인 포조레나티코 역에 닿기를 기다렸다. 완행열차는 삼 분에서 오 분간 정차했는데, 내렸다가 곧장 다음 객차로 오르기에 충분한 시간이었다.

그렇지만 그와 우리의 첫번째 접촉이 이뤄진 곳은 열차가 아니었다. 내 기억으로는 볼로냐의 한 거리였는데, 정확히 어느 거리였는지는 자신 있게 말할 수 없다(어쩌면 그날 나는 수업을 빠졌고 그 일에 대해서는 나중에야 다른 사람에게서 자세히 전해 들었는지도 모른다. 아니면 단순히 시간이 많이 흘러 정확하게 가려내거나 기억하지 못하는 것이거나).

아마도 그는 역에서 나오는 중이었고, 우리는 마스카렐라로 가는 전차를 기다리고 있었을 것이다. 다 합치면 열 명쯤 되는 우리 일행은 마차와 택시 승차장 바로 앞에 있던 전차 플랫폼의 대부분을 점령하고 있었다. 널찍한 광장에 일정한 간격을 두고 쌓여 있는 더러운 눈더미 위에서 태양이 빛났다. 저 위, 강렬한 푸른빛 하늘은 눈부신 햇살로 가득했다.

파디가티 역시 같은 곳에서 전차를 기다리고 있었다(그는 방금 전 마지막으로 도착해 있던 터였다). 그는 갑자기 대화를 시도했는데, "흡사 봄과 같은 상쾌한 날씨"에 대한 어떤 소견 말고는 더 그럴싸한 말을 찾지 못했다. 마스카렐라의 전차에서는 "아무래도 걸어가는 게 더 나을지 모르겠군"이라고 말하기도 했다. 별다를 것 없는 평범한 문장을 조용한 목소리로 말했는데, 특정한 누군가를 향해서라기보다는 우리 전체에게 한 말이었다. 모르는 사람에게 하듯이, 더 정확히 말하자면 우리를 얼굴로나마 알고 있다는 사실을 부인하려는 것 같았다. 하지만 날씨와 전차에 대해 막연한 의견을 밝히며 그가 내비친 머뭇거리는 기색과 초조한 미소에 당황한 우리 가운데 한 사람이 최소한의 예의를 갖춰 "선생님" 하고 부르며 그에게 대답하자마자 진실이 밝혀졌다. 그는 우리 모두를 아주 잘 알고 있었다. 훌쩍 자라 청년이 된 우리의 이름과 성을 모두 알고 있었고, 누구의 아들과 딸인지까지 정확하게 꿰고 있었다. 그가 어떻게 모를 수 있겠는가! 어떻게 잊겠는가! 어릴 적에,

그러니까 '좋은 집안의 아이들이 인후염과 귓병에 시달리던 유년기'에 그의 병원을 수도 없이 들락거렸으니 말이다.

우리는 전차를 타고 참보니 거리에 있는 학교까지 바로 가기보다는 인디펜덴차 거리의 주랑을 따라 시내까지 걸어가는 것을 더 좋아했다. 델릴리에르스가 동행하는 일은 매우 드물었다. 역 밖으로 나오자마자 그는 혼자 떨어져 어디론가 가버렸고, 대개 다음날 아침이 될 때까지 그를 다시 보는 사람은 아무도 없었다. 학교에도, 구내식당에도, 그 어느 곳에도 없었다. 나머지 우리는 인도를 따라 삼삼오오 흩어져 걸어가긴 했어도, 언제나 다 같이 있었다. 니노 보테키아리도 그중 하나였다. 그는 법학과에 다녔지만 비안카 스가르비 때문에 문학부의 복도와 강의실을 번질나게 드나들며 라틴어 문법에서 '문헌정보학'까지 가장 골치 아픈 수업들도 진득하게 자리를 지켰다. 비안카는 파란색 베레모에 짧은 토끼털 코트 차림으로 남학생들과 돌아가며 팔짱을 끼고 걸었다. 말다툼할 때만 빼면 니노와 같이 걷는 일은 거의 없었다. 그리고 세르조 파바니, 오텔로 포르티, 조반니노 피아차, 엔리코 산줄리아노, 비토리오 몰론이 있었다. 농학, 의학, 경제무역학을 전공하던 학생들이었다. 마지막으로, (비안카 스가르비를 제외하고) 유일하게 문학부에 다니던 학생인 내가 있었다.

이러한 아침에 우리는 성당 내부처럼 높고 어두운 인디펜덴차 거리의 끝없는 주랑 아래를 걸어가면서, 이따금 스포츠용품점의 진열장 앞이나 신문 가판대 앞에서 멈춰 서기도 하고, 최면에 걸린 듯 산수소 불꽃에 매료되어 전차 선로 보수에 열중하는 노동자들의 주위로 조용히 모여든 사람들과 섞이기도 했다. 그러다가 강의실에 갇히는 순간을 미루기 위해서라면 무엇이라도 좋은 구실이 되었던 늦겨울의 어느 아침, 얼마 전부터 멀찍이 우리를 뒤따라 걷던 파디가티 선생님이 갑자기 우리 중의 누군가에게 가까이 다가오기 시작했다. 한번은 무리에서 조금 떨어져 여느 때와 같이 주변을 의식하지 못한 채 그 순간 오로지 끝없는 논쟁과 말다툼에만 빠져 있던 니노 보테키아리와 비안카 스가르비의 옆으로 가까이 다가간 일도 있다.

말하자면 파디가티는 우리 주위를 계속 맴돌았고, 한 걸음한 걸음까지 우리를 뒤따랐다고 할 수 있다. 우리도 그 사실을 잘 알고 있었다. 팔꿈치로 서로 쿡쿡 찌르고 씩 웃으며 그에 대해 이야기하기도 했으니까.

별안간 그는 니노와 비안카의 옆으로 나란히 다가가더니 헛기침을 하며 목을 가다듬었다.

어떤 반응을 보일지 예상할 수 없는 미지의 사람에게 접근할 때 그가 으레 사용하던, 무미건조하고 분명치 않은 어조의 목소리가 들렸다.

"학생들, 사이좋게 지내야죠!" 그가 충고했다. 이번에도 역시 특정한 누군가가 아니라 마치 허공에다 대고 말하는 것 같았다.

하지만 이내 비안카를 돌아보더니 수줍고 망설이는 기색으로, 하지만 동조자의 눈빛으로 호응을 바라며 무뚝뚝하게 말했다.

"아가씨, 얌전하게 처신해요." 그러고는 덧붙였다. "좀더 고분고분해지세요. 여자들은 그래야 하지 않을까요?"

농담이었고, 농담으로밖에는 들리지 않았다. 비안카가 웃음을 터뜨리자 니노도 웃었다. 이렇게 하여 다 함께 이런저런 수다를 떨며 네투노 광장에 이르렀다. 하지만 그게 다가 아니었다. 우리는 헤어지기 전에 커피 한잔 하자는 그의 제안을 거절할 수가 없었다.

요컨대, 우리는 친구가 되었다. 그 일이 일어난 1937년 4월 말부터, 화요일과 금요일 아침이면 우리가 아지트로 쓰던 두세 칸의 객실(창문 밖으로는 이미 초록빛으로 변한 시원하고 찬란한 전원 풍경이 빠르게 지나가는)에는 파디가티 선생님을 위한 자리도 늘 마련되어 있었다.

6

그가 볼로냐를 오가는 건 대학 강사 자격증을 취득하기 위해서였다. '다름아닌 바로' 그것 때문에 일주일에 두 번씩 기차를 탄다고 말했다. 하지만 이제 길동무들을 사귀게 된 그에게 매주 두 번의 이동은 더이상 부담스러운 일이 아니었다.

그는 조용히 자신의 자리에 앉아서 우리의 일상적인 이야기에 참여하였다. 우리의 대화는 스포츠, 정치, 문학과 예술에서 철학에 이르기까지 다양한 주제로 펼쳐졌으며, 이따금 애정 문제나 '오로지 성적인' 관계에 관해 이야기하기도 했다. 그는 아버지와 같은 인자한 눈으로 우리를 바라보면서 때때로 한마디씩 거들었다. 어떤 면에서 그는 우리 가족의 친구였다. 우리의 부모님들은 거의 이십 년 전부터 고르가델로 거리에 있는 그의 병원에 다녔다. 그는 우리를 지켜보면서 분명 우리 부모님들을 생각했을 것이다.

우리가 알고 있다는 것을 그는 알았을까? 아마 아닐 것이다. 이 문제에 관해서는 아직 현실을 직시하지 못했을 것이다. 하지만 그 침착한 태도, 그가 필사적으로 유지했던 점잖고도 조심스러운 신중함 속에서는 도시에 떠도는 소문은 전혀 없는 것인 듯 처신하려는 확고한 의도가 뻔히 보였다. 우리에게, 누구보다 우리에게만큼은 그 옛날의 파디가티 의사 선생님으로 남아야 했다. 머리에 쓴 둥그런 반사경에 반쯤 가려진 큼지막한 얼굴이 우리의 얼굴 쪽으로 쏠리듯 다가올 때 우리가 보았던 그 선생님이어야 했다. 만약 선생님이 세상에서 한결같은 모습을 보여줘야 하는 사람이 있다면, 그것은 바로 우리였다.

게다가 가까이서 본 그의 얼굴은 그다지 많이 변하지 않았다. 우리가 편도염, 중이염, 아데노이드에 걸렸던 나이 때부터 교류가 없었던 십 년이나 십이 년의 세월은 그에게 아주 미미한 흔적밖에 남기지 않았다. 관자놀이 주변의 머리카락이 희끗희끗하게 변했지만, 그게 다였다! 아마 조금 더 살이 찌고 탄력이 떨어졌을 그의 두 뺨은 그전과 똑같이 창백한 빛을 띠고 있었다. 두껍고 윤기가 흐르며 모공이 두드러진 피부는 예전과 다름없이 잘 무두질해놓은 가죽 같은 느낌을 주었다. 그랬다, 더 많이 변한 것은 우리였다. 우리는 터무니없게도 슬그머니 그 친숙한 얼굴에서 (그가 외투 주머니에서 『코리에레 델라 세라』를 꺼내 자기 자리에 얌전히 앉아 조용하게 읽는 동안) 비행과 죄악을 드러내는 증거나 징후를, 그 뚜렷한 얼룩을 수색하려 했으니 말이다.

시간이 흐르면서 그는 우리를 신뢰하게 되었고, 조금 더 많이 말하기 시작했다. 짧은 봄이 지나고 갑작스럽게 여름이 되었다. 이른 아침에도 날씨가 더웠다. 볼로냐 평야의 초원은 더욱 짙어지고 풍성해졌다. 뽕나무 대열로 둘러싸인 들판에서 대마大麻는 이미 훌쩍 키가 자랐고, 밀은 황금빛을 드러냈다.

"다시 학생이 된 기분이야." 파디가티는 차창 밖을 응시하며 여러 차례 반복해서 말했다. "베네치아와 파도바를 매일같이 오가던 그 시절로 돌아간 것 같아."

전쟁이 일어나기 전 1910년부터 1915년 사이에 있었던 일이라고 했다.

그는 파도바에서 의대를 다녔고, 지금 우리가 페라라와 볼로냐 사이를 오가듯이 이 년 동안 베네치아와 파도바 두 도시를 매일같이 왕복했다. 하지만 삼 년째 되던 해에, 늘 그의 심장을 염려하던 부모님이 파도바에 셋방을 얻어주셨다. 그리하여 그는 이후 삼 년 동안(그는 1915년에 '위대한' 아르슬란*과 함께 우수한 성적으로 졸업했다) 이전보다 한층 정적인 삶을 살았다. 일주일에 단 이틀, 주말에만 가족과 만났다. 당시 베네치아의 일요일, 특히 겨울의 일요일은 그리 유쾌한 분위기가 아니었다. 그에 비해 파도바는 침울한 검정 주랑들 사이로 삶은 소고기의 기이한 냄새가 끊이지 않고 진동하는 도시였다. 여하튼 매주 일요일 저녁 기차를 타고 파도바로 돌아오는 일은 언제나 그에게 엄청난 수고를 요구했고, 그는 버텨야

---

* Michele Arslan(1904~1988). 파도바 출신의 의사로 1927년에 파도바 의과대학을 졸업했고 젊은 나이에 이비인후과 교수로 임명됐다. 활발한 연구와 다양한 저술 활동으로 발생학, 조직학, 생리학, 병리학 분야에 큰 공헌을 했다.

했다.

"선생님은 엄청난 공부벌레였겠죠!" 한번은 비안카가 소리쳤다. 그녀는 깊이 밴 습관대로 파디가티에게도 아양을 부렸다.

그는 아무런 대꾸 없이, 그저 그녀에게 상냥한 미소만 지어 보일 뿐이었다.

"과거와 달리 요즘은 축구 경기를 볼 수도 있고, 영화관에 갈 수도 있고, 갖가지 종류의 건전한 오락거리들이 있어. 하지만 우리 세대 젊은이들이 일요일을 보내는 가장 중요한 수단이 무엇이었는지 아니? 바로 무도장이었지!"

아주 혐오스러운 장소들에 대한 기억을 떠올린 듯 그는 입을 삐죽거렸다. 그리고 나서 곧장 덧붙이기를, 적어도 베네치아에는 그의 집과 아버지, 그리고 무엇보다 가장 성스러운 애정의 대상인 어머니가 있었다고 했다.

얼마나 어머니를 흠모했는지! 그는 자신의 가련한 어머니를 떠올리며 한숨짓곤 했다.

그녀는 총명하고 교양 있고 아름다웠으며 신앙심이 깊었다. 모든 미덕을 한몸에 간직한 여인이었다. 어느 아침 그는 감정에 북받쳐 눈가가 촉촉해지더니 지갑에서 손때 묻은 사진 한 장을 꺼냈다. 빛바랜 작은 타원형 사진 속에는 19세기 풍의 옷을 입은 중년 여성이 있었다. 전체적으로 다소 평범한 인상의 그 부인은 아주 온화한 표정을 짓고 있었다.

비토리오 몰론의 집안은 우리 중 유일하게 페라라 출신이 아니었다. 베네토 주 프라타폴레시네의 지주地主인 몰론 가문은 겨우 오륙 년 전에 포 강 저쪽 편에서 이곳으로 이주해왔고, 따라서 비토리오의 말투에는 베네토 지방의 억양이 강하게 섞여 있었다.

어느 날 파디가티는 잠시 머뭇거리더니 비토리오에게 "가족"이 혹시 파도바 출신이 아니냐고 물었다.

"왜냐하면 내가 파도바에서 살 때," 그는 곧 그렇게 물은 이유를 설명했다. "엘사 몰론이라는 어떤 미망인의 집에서 하숙했거든. 그 부인의 작은 집은 학교와 가까운 산프란체스코 거리에 있었고, 집 뒤쪽으로는 넓은 채소밭이 있었어. 그곳에서의 내 인생이란 참! 나는 파도바에 친척도 벗도 없었고, 심지어 학교 친구들조차 없었어."

그러고는 언뜻 화제에서 벗어난 듯 여겨지는 한 단편소설(그의 놀라운 문학적 소양이 드러난 것은 이때가 유일했다. 마치 이 경우에도 그 엄격한 신중함이 작용한 듯 말이다)에 대해 이야기하기 시작했다. 작가가 19세기 영국인인지 미국인인지는 기억나지 않지만, 16세기 말경 다름아닌 파도바를 배경으로 펼쳐지는 이야기라고 했다.

"소설의 주인공은 어떤 학생이야. 삼십 년 전의 내가 그러했듯이 고독한 학생이지. 그는 나처럼 아주 넓은 채소밭이 보이는 셋방에 살았어. 독성이 있는 나무들로 가득한 채소밭……"

"독이 있다고요?" 비안카가 푸른 눈을 크게 뜨면서 끼어들었다.

"그래, 독성이 있는……" 그는 고개를 끄덕였다.

그러고서 이야기를 이어갔다. "하지만 내 창문 밖의 채소밭은 그렇지 않았으니 안심해, 아가씨. 산프란체스코 성당 뒤편의 허름한 집에 살던 스카넬라토라는 농부 가족이 훌륭하게 경작했던 매우 평범한 밭이었어. 나는 종종 책 한 권을 들고 내려가서 그곳을 어슬렁거렸어. 시험을 앞둔 7월의 늦은 오후에 특히 자주 갔지. 가끔 나를 저녁식사에 초대했던 스카넬라토 부부는 파도바에서 나와 친하게 지내던 유일한 가족이었어. 아들 둘을 두었는데, 잘생기고 무척이나 활발하고 유쾌한 사내아이들이었지…… 부부는 날이 어두워져 앞이 보이지 않을 때까지 밭에서 일했어. 그 시간에는 보통 식물에 물을 주곤 했지. 아, 퇴비에서 나던 그 좋은 냄새란!"

객실의 공기는 우리가 피운 나치오날리 담배 연기로 뿌옇게 흐려 있었다. 하지만 그는 안경 렌즈 너머 반쯤 눈을 감은 채 토실토실한 코의 콧구멍을 넓히면서 가슴 깊숙이 공기를 들이마셨다.

숨막힐 듯 무거운 정적이 다소 길게 이어졌다. 델릴리에르스가 눈을 뜨고 요란스럽게 하품을 했다.

"퇴비의 좋은 냄새라고요?" 그때 비안카가 약간 신경질적인 웃음을 터뜨리며 말했다. "무슨 말도 안 되는 소리람!"

델릴리에르스는 고개를 앞쪽으로 숙이며 경멸이 가득한 시선으로 파디가티를 슬쩍 흘겨보았다.

"선생님, 퇴비는 그쯤 해두시죠." 그가 냉소를 흘렸다. "대신 선생님이 그렇게 좋아했다던 채소밭의 두 소년에 대해 들려주세요. 뭘 했나요, 그네들하고?"

파디가티는 소스라치게 놀랐다. 별안간에 아주 강하게 따귀를 얻어맞은 사람처럼, 그 넓적한 갈색 얼굴이 우리의 눈앞에서 고통스러운 표정으로 일그러졌다.

"아……? 뭐라고……?" 그는 더듬거렸다.

델릴리에르스는 넌더리를 내며 자리에서 일어나더니, 우리의 뒤얽힌 다리 가운데로 길을 터서 통로로 나갔다.

"무례하기 짝이 없는 녀석!" 비안카가 무릎을 만지며 씩씩거렸다.

그녀는 유리문 너머의 통로에 외따로 서 있는 델릴리에르스에게 못마땅한 시선을 던졌다. 그러고는 곧 다시 파디가티를 돌아보았다.

"소설 이야기를 마저 해주세요." 그녀가 다정하게 청했다.

그는 그만하겠다고 했지만 비안카가 고집스럽게 우기자 줄거리가 잘 기억나지 않는다고 둘러댔다. 그러고는 유난히 억지스럽게 들리는 서글픈 빈말들로 이야기를 마쳤다. 그렇게 형편없이 둘러대고 말 이야기를 비안카는 도대체 무슨 까닭으로 그렇게까지 듣고 싶어했던 걸까?

순간적인 방심으로 그는 큰 대가를 치른 셈이다. 지금 생각해보면, 그가 가장 두려워하는 것은 바로 조롱이었던 것 같다.

7

파디가티는 결국에 가서 아무렇지 않은 듯 기분이 좋아졌다. 혹은 적어도 그렇게 보였다. 그는 활활 타오르는 불 앞에서 잠자코 몸을 데우는 늙은이 같은 분위기를 풍기며 삼등석 우리 객실에 조용히 머물렀으며, 그 이상은 바라는 게 없었다.

예를 들어 볼로냐에 도착해서 우리가 역 앞의 광장으로 나오면 그는 곧장 택시를 타고 가버렸다. 학교까지 우리와 동행한 처음 두어 번 이후로는, 무슨 영문인지는 알 수 없으나 그를 근처에서 만나는 일은 전혀 없었다.

그는 우리가 오후 한시쯤이면 가곤 하는 저렴한 식당들을 잘 알고 있었다. 언젠가 우리가 알려줬기 때문이다. 우리는 스트라다마조레 거리의 '스텔라델노르드,' 두 개의 탑 아래 있는 '다지지노,' 산비탈레 거리에 있는 '갈리나파라오나'를 자주 들락거렸다. 하지만 그곳에 그는 나타나지 않았다. 그러던 어느 날 오후, 우리는 보체테 당구를 하러 참보니 거리에 있는 한 카페로 들어서면서, 커피와 물 한 잔이 놓인 탁자에 앉아 신문 읽기에 열중한 그를 발견했다. 틀림없이 금세 우리를 알아챘을 테지만, 그는 못 본 체했다. 심지어 몇 분 뒤에는 손짓으로 웨이터를 불러 계산을 하더니 살그머니 빠져나갔다.

요컨대 그는 경솔하지도, 성가시지도 않았다.

그렇지만, 그 큰 덩치에도 불구하고 그는 차츰차츰 객실 나무 의자의 팔분의 일도 안 되는 면적만을 차지할 정도로 몸을 더욱더 움츠려갔으며, 우리 대부분은 그럴 마음이 없었지만 서서히 그에 대한 존경심을 잃기 시작했다.

솔직히 말하자면, 또다시 일을 그르친 것은 그 자신이었다. 어느 아침 기차가 산피에트로인카잘레 역에 정차했을 때, 그는 갑자기 우리가 늘 먹던 파니니와 비스킷을 사러 직접 다녀오겠다고 나섰다. "이제 내 차례야"라고 선언하는 그를 만류할 방법은 없었다.

따라서 우리는 어설프게 선로를 가로지르는 그를 기차에서 지켜보았다. 그가 파니니 몇 개와 비스킷 몇 봉지를 사야 하는지 잊어버렸을 거라는 데 내기를 걸면서. 그리고 영락없이 다음 광경이 펼쳐졌다. 우리는 술 취한 징집병들처럼 창문에 매달려서는 스스럼없이 고함을 지르고 낄낄대며 멀찍이서 어처구니없는 주문들을 해댔고, 그렇게 시간이 흐를수록 그는 점점 더 허둥대고 가쁜 숨을 몰아쉬다가 기차가 출발하기 직전 아슬아슬하게 오를 수 있었다.

델릴리에르스에 대해서는 나중에 더 자세히 밝히겠지만,

그는 파디가티에게 한마디 말도 걸지 않은 채 뻔한 비유와 잔인한 야유로 파디가티를 괴롭혔다. 그런데 어릴 적에 파디가티에게 편도선 제거 수술을 받았고, 우리 중 유일하게 '투tu'라는 친근한 반말을 건네기도 했던 니노 보테키아리조차 그를 쌀쌀맞게 대하기 시작했다. 그리고 파디가티는? 그는 이상하기 짝이 없었고, 몹시 처량해 보이기까지 했다. 니노와 델릴리에르스가 무례하게 굴수록 그는 더욱더 친절하게 대하려는 헛된 시도에 매달렸다. 두 사람을 향한 상냥한 말과 동조의 눈빛, 유쾌한 미소 등 그는 정말이지 무엇이든 다 했다.

니노가 우리 중 가장 똑똑하다는 건 모두가 인정하는 사실이었다. 파디가티는 지난해 베네치아에서 열린 문화예술경연*에 참가했던 우리의 친구 니노가(그는 파시즘 교의에서 5위를, 영화 비평에서 종합 2위를 차지했다) 빛을 발할 수 있는 주제로 대화를 이끌어가고자 시도했다. 영화는 물론, 심지어 자신이 대단히 문외한이라고 우리에게 거듭 밝히기도 했던 정치에 관한 주제까지 꺼냈다.

하지만 행운이 따르지 않았다. 그는 번번이 실패하고 말았다.

파디가티가 영화에 관한 이야기(그가 해박한 지식을 가진 분야였다. 더구나 수년간 무수한 밤을 영화관에서 보내지 않았는가!)를 시작하면, 니노는 마치 그에게 말할 권리를 절대 허락하지 않겠다는 듯이 곧장 신경질적인 목소리로 쏘아대며

---

* Littoriali della cultura e dell'arte. 이탈리아에서 1932년부터 1940년까지 펼쳐진 문화, 예술, 스포츠 행사로 당시 집권당이었던 국가파시스트당이 대학생을 대상으로 개최하였다.

그를 공격했다. 파디가티가 "리돌리니*의 옛날 희극들은 굉장했어" 하고 소감을 밝혔을 때, 니노는 전에 몇 번이나 그 작품들을 두고 '본질적'이라 평가했음에도 불구하고 갑작스럽게 자신의 '견해'를 완전히 뒤집을 정도로 그를 탐탁잖아했다.

영화가 먹히지 않자, 이제 파디가티는 정치 이야기를 끄집어냈다. 스페인 내전은 이제 프랑코와 파시즘의 승리로 끝나려 하고 있었다. 어느 날 아침 파디가티는 『코리에레 델라 세라』의 첫 페이지를 대강 훑고 나서, 니노나 우리 중 누구의 기분이라도 언짢게 할 만한 것은 전혀 없으며, 오히려 우리가 모두 동의할 것이라 한 치의 의심도 없이 확신하는 듯 자신의 의견을 내놓았다. 곧 있을 "우리 군대"의 승리는 위대한 업적으로 간주해야 한다는, 그 시대에서야 전혀 이상할 것이 없는 발언이었다. 하지만 갑자기 예상치 못한 상황이 돌발했다. 마치 전류에 감전된 것처럼, 그리고 어느 순간 비안카가 차라리 그의 입을 막아버리는 게 낫다고 생각했을 정도로 니노가 목청껏 소리를 질러댄 것이다. 그것은 승리가 아니라 "어쩌면" 재난이라고, "어쩌면 종말의 시작"이라고, 그리고 그 나이를 먹어서 그렇게나 "무책임한" 파디가티 선생님은 부끄러워해야 한다고 말이다.

"그러니까, 애야…… 보다시피…… 좀 들어보렴……" 파디가티 선생님은 송장보다도 창백한 낯빛으로 말을 더듬거렸다.

---

* Larry Semon(1889~1928). 무성영화 시대에 활약했던 미국 희극 배우이자 감독, 제작자, 시나리오 작가. 이탈리아에서는 익살스러운 광대의 얼굴을 한 영화 속 주인공 리돌리니Ridolini라는 이름으로 불렸다.

격렬한 폭풍우에 당황하여 어리둥절하기만 한 것이었다. 그는 뭔가 설명을 듣기라도 바라는 듯 주위를 두리번거렸다. 하지만 그에게 주의를 기울이기엔 우리 또한 너무나 얼떨떨한 상태였다. 특히나 나는, 지난해 우리가 벌이곤 했던 일상적인 논쟁에서 니노로부터―그는 젠틸레*의 추종자이자 '윤리적 국가'의 열렬한 옹호자였다!―"크로체†적 회의론"에 빠져 있다는 비난을 받았던 터라 더욱 당혹스러웠다. 폭풍이 몰아치고 난 뒤, 선생님의 동그란 눈은 정말로 공포에 질려 있었을까, 아니면 오히려 씁쓸한 만족감과 설명할 수 없는 순진하고 맹목적인 기쁨으로 가득차 안경 렌즈 뒤에서 생생하게 빛나고 있었을까?

또다른 날, 우리는 모두 스포츠에 관해 얘기하고 있었다.

문화에 관한 주제에서 니노 보테키아리가 일인자였다면, 스포츠 분야에서는 델릴리에르스가 단연 최고였다. 그는 어머니 쪽만 페라라 출신으로, 내가 알기에 그가 태어난 곳은 리구리아 주의 임페리아 혹은 벤티밀리아였고, 아르디티 부대의 선두에 있던 그의 아버지는 1918년 그라파 산에서 돌아가셨다. 그 또한 비토리오 몰론과 마찬가지로 페라라에서는 고등

---

* Giovanni Gentile(1875~1944). 이탈리아의 철학자이자 교육학자, 정치가로 무솔리니 정부에서 교육부 장관을 역임했다. 크로체와 함께 철학 잡지 『크리티카 *Critica*』를 창간했으나, 이후 파시즘을 지지하여 갈라서게 되었다.

† Benedetto Croce(1866~1952). 이탈리아의 철학자, 역사가, 정치가, 문학비평가로 1902년부터 1944년까지 발행한 잡지 『크리티카』와 다방면에 걸친 저술 활동을 통해 이탈리아의 정신세계에 큰 영향을 끼쳤으며 대표적인 반파시스트 지식인으로 꼽힌다.

학교만, 그러니까 과학고등학교 사 년만 다녔다. 어쨌든 에랄도 델릴리에르스가 지역의 진정한 영웅이 되기에 충분한 시간이었다. 그는 1935년 지역 권투 선수권대회에서 학생부 미들급 챔피언에 올랐다. 게다가 백팔십 센티미터의 큰 키에 그리스 조각상 같은 용모와 체형을 갖춘 매우 잘생긴 청년이었다. 스무 살이 채 되기도 전에 그는 이미 서너 차례 떠들썩한 우승의 주인공이었다. 에밀리아 지역 선수권대회에서 우승한 그해에는 그의 학교 친구였던 한 소녀가 스스로 목숨을 끊었다. 그녀는 사랑 때문에 죽었다. 그가 갑자기 변심하여 그녀를 거들떠보지 않자 그 가엾은 소녀는 포 강으로 달려가 몸을 던진 것이다. 대학에 진학한 후에도 델릴리에르스는 사랑을 넘어 숭배의 대상이 되었다. 우리는 그의 어머니가 때를 빼고 솔질하고 부단히 다림질한 그의 옷을 따라서 입었다. 일요일 아침 델라보르사 카페에서 그와 나란히 주랑 기둥에 등을 기댄 채 지나가는 여자들의 다리를 흘끗거리는 일은 진정한 특권으로 여겨졌다.

여하튼 5월 말쯤의 어느 날 기차에서 우리는 델릴리에르스와 함께 스포츠에 관해 이야기하고 있었다. 육상에 이어 권투가 화제에 올랐다. 델릴리에르스는 누구와도 허물없이 말을 주고받는 일이 없었다. 그런데 그날은 평소와 다르게 거리낌 없는 태도였다. 그는 공부가 자신과 맞지 않는다고, "살기 위해서" 너무 많은 돈이 필요하다고, 만약 자기가 계획하는 어떤 "작은 일"이 성공을 거둔다면 이후로는 완전히 "권투"에만 매진하고 싶다고 말했다.

"뭐, 프로 선수가 되겠다고?" 파디가티가 대담하게 물었다.

델릴리에르스는 바퀴벌레 보듯 그를 바라보았다.

"그럼요." 그가 대답했다. "내 얼굴이 박살날까봐 걱정이라도 되나보죠, 선생님?"

"네 얼굴은 상관없어. 보다시피 이미 눈썹 주위로 흉터 자국이 뚜렷하게 남았는걸. 어쨌든 권투, 특히 프로권투가 장기적으로는 인체에 해롭다는 사실을 알릴 의무가 내게 있다고봐. 만약 내가 정부에서 일한다면 권투를 금지할 거야. 아마추어 경기까지도. 스포츠라기보다는 합법적인 살인이라는 생각이 들거든. 순전히 잔인한 행위로 뭉친……"

"아니, 무슨 소리예요!" 그가 말을 잇기 전에 델릴리에르스가 막았다. "권투 시합을 한 번이라도 본 적 있어요?"

파디가티는 마지못해 그런 적이 없다고 인정해야 했다. 의사로서 폭력과 피는 섬뜩하다는 것이었다.

"그러니까, 한 번 본 적도 없으면서," 델릴리에르스는 그의 말을 단번에 잘랐다. "뭘 안다고 그러세요? 누가 선생님 의견을 물어봤어요?"

델릴리에르스는 선생님에게 소리를 지르다시피 말을 퍼부어대고는 그에게서 등을 돌려 매우 차분한 목소리로 우리에게 권투에 관해 설명했다. "일부 멍청이들의 생각과는 달리," 요컨대 권투는 다리와 기회 포착과 방어의 운동이며, 특히 방어가 중요하다고 말했다. 나는 또다시 파디가티의 눈에서, 터무니없지만 확실한 내적인 기쁨의 빛을 보았다.

우리 중에서 델릴리에르스를 숭배하지 않는 것은 니노 보테키아리뿐이었다. 두 사람은 친구가 아니었지만 서로 존중했다. 델릴리에르스는 니노 앞에서 건달처럼 거들먹거리는 평소의 태도를 많이 자제했고, 니노도 마찬가지로 그의 앞에서는 교수님처럼 잘난 체하는 말을 될 수 있으면 삼갔다.

어느 아침 니노와 비안카가 빠지고(6월이었고, 시험 기간이었을 것이다), 객실에는 모두 여섯 명의 남자만 앉아 있었다.

목이 약간 아팠던 나는 그에 대해 토로했다. 파디가티는 내가 빠르게 성장하던 소년 시절 편도선 염증을 수차례 치료했던 것을 떠올리고는 곧장 한번 보자고 했다.

"어디 보자."

그는 이마 위로 안경을 올리더니 두 손으로 내 머리를 잡고서 목구멍을 들여다보았다.

"아아아, 소리 내봐." 그는 전문가다운 어조로 지시했다.

나는 시키는 대로 했다. 그는 내 목구멍을 한참 더 들여다보고는 부드럽고 온화한 목소리로, 땀을 많이 흘리지 않도록 주의하라고 당부했다. 내 편도선은 "이제 붓기가 상당히 가라앉았지만" 분명히 나에게 "아킬레스의 건"으로 남아 있기 때문이라는 얘기였다. 바로 그때, 갑자기 델릴리에르스가 끼어들었다.

"실례지만, 선생님. 다 끝내고 괜찮다면 저도 좀 봐주시겠어요?"

파디가티는 몸을 돌렸다. 델릴리에르스가 부탁을 했다는 것과 공손한 어조로 말했다는 것에 분명 적잖이 놀란 모습이었다.

"상태가 어떤데?" 그가 물었다. "목으로 넘기기가 힘드니?"

델릴리에르스는 푸른 눈으로 파디가티를 응시했다. 그러고는 앞니를 드러내며 미소를 지었다.

"목은 하나도 아프지 않아요." 그가 말했다.

"그럼 어디가?"

"여기요." 델릴리에르스는 자신의 바지, 사타구니 부위를 가리켰다.

그러더니 차근차근 무심한 태도로, 하지만 우쭐대는 기색은 버리지 않고서 "봄포르토 거리의 처녀들이 베푼 선물"의 부작용으로 근 한 달 전부터 곤혹을 치르고 있다고 말했다. "농담이 아니라 정말 골치 아픈 문제"이고, 그것 때문에 체육관에서 "운동하는 것조차" 중단해야 했다고 말이다. 그는 만프레디니 의사 선생님이 메틸렌블루를 써서 자신을 치료하고 있으며, 과망간산칼륨으로 매일 소독하고 있다고 덧붙였다. 하지만 그 치료법은 시간이 오래 걸리고, 그는 가능한 한 빨리 회복해야 했다.

"제 여자들이 불평하기 시작했어요. 이해하실 겁니다……
그러니까 선생님이 진찰해주실 수 있죠?"

파디가티는 자리로 돌아가 앉았다.

"이보게," 그는 말을 더듬었다. "그런 종류의 질환은 내 분야가 아니라는 걸 잘 알고 있잖아. 게다가 만프레디니 선생님은……"

"잘 모른다고 하지 마시고요. 어서요!" 델릴리에르스는 낄낄거렸다.

"여기, 기차에서 말도 안 되지……" 파디가티는 깜짝 놀란 눈으로 통로를 바라보면서 거듭 중얼거렸다. "여기 기차 안에서…… 어떻게 한단 말이야?"

"오, 그거라면," 델릴리에르스는 경멸적으로 입술을 삐죽거리며 바로 받아쳤다. "원한다면, 언제든 화장실로 가면 되죠."

잠시 침묵이 흘렀다.

먼저 호탕한 웃음을 터뜨린 사람은 파디가티였다.

"농담이군!" 그가 외쳤다. "어떻게 항상 농담이지? 나를 바보 취급하는군!"

그러고는 몸을 약간 앞으로 숙여 손으로 그의 무릎을 가볍게 치면서 말했다.

"정신 바짝 차려야 해! 조심하지 않았다간 언젠가 끝이 안 좋을 테니까!"

델릴리에르스는 진지한 어조로 대꾸했다.

"선생님이야말로 그러지 않게 조심하세요."

그로부터 며칠 뒤, 저녁 여섯시쯤 우리는 인디펜덴차 거리에 있는 마야니 제과점에 갔다. 엄청나게 더운 날이었다. 아이스크림을 먹으러 가자고 제안한 것은 니노였다. 그는 지금 먹으러 가지 않으면, 조금 뒤에 곧바로 막심한 후회를 하게 될 거라며 부추겼다. 1940년에 현대식으로 탈바꿈하기 이전인 그 시절에도 마야니는 볼로냐에서 가장 큰 제과점 중 하나였다. 널찍한 실내에 어두운 홀의 높은 천장에는 베네치아 무라노 유리로 된 거대한 샹들리에 하나가 달려 있었다. 이삼 미터

쯤 되는 지름에 한 송이 장미처럼 생긴 샹들리에는 먼지투성이 작은 전구들이 무수히 매달려 있었으며, 그 아래로 기묘하고 희미한 불빛이 쏟아져내렸다.

그곳에 들어서자마자 우리의 시선은 시끄러운 웃음소리가 들리는 홀 구석으로 향했다.

대부분이 진청색 운동복 차림인 젊은이들이 스무 명쯤 몰려 있었다. 몇 명은 의자에 아무렇게나 앉았고 몇몇은 서 있었는데, 하나같이 컵이나 콘에 담긴 아이스크림을 손에 든 채였다. 그들이 떠드는 소리에는 다양한 지역의 억양이 섞여 있었다. 볼로냐, 로마냐, 베네토, 마르케, 토스카나…… 대충 훑어봐도 강의실이나 도서관보다는 운동경기장이나 수영장을 훨씬 더 번질나게 드나드는, 특정한 부류의 대학생들이라는 것을 단번에 알 수 있었다.

멀리서 얼른 팔을 들어 친근하게 인사를 건네는 델릴리에르스를 빼면, 처음에 우리는 무리 사이에서 아는 사람을 발견하지 못했다. 하지만 잠시 뒤 실내의 희미한 불빛에 적응하자, 입구를 등진 채 델릴리에르스 옆에 앉아 있는 중년의 신사를 알아차렸다. 그는 거기서 모자를 쓰고 두 손을 지팡이 손잡이에 모은 채 아무것도 먹지 않고 있었다. 그저 기다리고 있었다. 마치 시끌벅적한 아들과 조카들에게 아이스크림을 사주고, 그 사랑스러운 꼬마들이 흡족하게 할짝거리고 빨아대기를 마치면 모두 집으로 데려가려는 애정 넘치는 아버지처럼, 다소 쑥스러워하며 조용히 기다리고 있었다.

그 신사는 물론 파디가티였다.

8

그해 여름에도 우리 가족은 휴가를 보내러 아드리아 해안 인근에 있는 리초네로 갔다. 매년 같은 상황이 벌어졌다. 나의 아버지는 돌로미티 산으로 우리를 데려가 당신이 전쟁에서 싸웠던 장소를 보여주려는 헛된 시도를 하다가 결국에는 리초네로 가는 것을 받아들이고 그란드 호텔 옆의 작은 별장을 매년 빌리셨다. 또렷이 기억난다. 나와 어머니, 그리고 여동생 파니는 우리집 가정부와 같이 8월 10일 페라라를 떠났다(남동생 에르네스토는 영어 실력을 향상시키기 위해 7월 중순부터 잉글랜드 배스의 한 가정에 머물고 있었다). 아버지는 도시에 남아 있다가 나중에, 그러니까 마시 토렐로의 평야를 관리하는 직무에서 벗어나자마자 우리에게로 왔다.

우리가 도착한 그날 바로 파디가티와 델릴리에르스에 관한 소문을 들었다. 가족 휴가를 온 페라라 사람들로 북적거렸던 해변에서는 그들의 '볼썽사나운 우정'이 입방아에 올랐다.

사실 8월 초부터 포르토코르시니와 푼타디페사로 사이에 있는 여러 해변 도시에서 이곳저곳 호텔을 옮겨다니는 그 두 사람이 목격된 터였다. 그들은 체르비아 부둣가 너머의 밀라노마리티마에서 처음 모습을 드러내고, 마레에피네타 호텔에서 멋진 방을 하나 빌렸다. 일주일 뒤에는 체세나티코에 있는 브리탄니아 호텔로 옮겼다. 그런 다음 서서히 비세르바, 리미니, 리초네, 그리고 카톨리카로 이동하며 가는 곳마다 엄청난 물의와 끝없는 논란을 불러일으켰다. 자동차로 여행했는데, 그들이 탄 차는 밀레 밀리아 경주용 자동차 빨간색 이인승 알파로메오 1750이었다.

8월 20일쯤 그들은 돌연 리초네로 다시 와서 약 열흘 전에도 묵었던 그란드 호텔에 방을 잡았다.

알파로메오는 최신형으로 엔진에서 으르렁대는 소리가 울렸다. 두 친구는 도시를 이동할 때만이 아니라 매일 오후 바람을 쐬러 갈 때도 자동차를 이용했다. 해질녘, 수영하던 사람들의 무리가 모래사장에서 해변 산책로로 우르르 몰려 올라오는 때였다. 델릴리에르스가 언제나 운전대를 잡았다. 금발에 구릿빛 피부, 몸에 딱 붙는 티셔츠와 크림색 모직 바지를 입은 그는 아름다웠다(자동차 핸들 위에 아무렇게나 얹은 두 손은 값비싸 보이는 구멍 장식 샤모아 가죽장갑을 뽐내고 있었다). 운전자는 특유의 변덕을 부리며 차를 몰았다. 차 안의 다른 사람은 가만히 있기만 했다. 체크무늬 양모 베레모와 보조 운전사 겸 정비사의 안경(그와 한시라도 떨어질 수 없는 물건)을 위엄 있게 쓴 모습으로, 그저 친구의 옆 좌석에 앉아 이리저리 차가 닿는 곳으로 실려갈 뿐이었다. 그 시간대에 자동차는 혼잡한 인파를 어렵사리 헤치며 사람이 걷듯 엉금엉금 차나리니 카페 앞 도로를 나아가야 했다.

그들은 줄곧 같은 방에서 자고 같은 탁자에서 식사했다.

그란드 호텔의 오케스트라 악단이 일층 식당의 악기들을 바닷바람이 불어오는 외부 테라스로 옮겨왔던 그날 저녁에도 그들은 식당의 같은 탁자에 앉아 있었다. 음악은 가벼운 클래식 소품에서 흥겨운 리듬으로 넘어갔다. 테라스는 이내 사람들로 가득찼다. 나는 종종 해변에서 만난 새 친구들과 어울려 거기로 가곤 했다. 델릴리에르스는 탱고, 왈츠, 투스텝, 블루스 어느 하나도 놓치지 않았다. 물론 파디가티는 춤추지 않았다. 이따금씩 음료수에서 빨대를 건져 입술에 갖다 댔지만, 그의 둥근 눈은 줄곧 유리잔 테두리 너머 멀리 있는 친구가 제일 우아하고 눈에 띄는 아가씨들과 부인들을 얼싸안고 능숙하게 나아가는 모습을 뒤쫓았다. 드라이브에서 돌아오면 둘은 곧장 호텔 방으로 올라가 정장을 차려입었다. 파디가티는 검은색 두꺼운 옷감으로 된 점잖은 스타일을, 델릴리에르스는 몸에 딱 붙고 길이가 짧은 흰색 재킷을 입었다.

그들은 해변에서의 시간도 함께 보냈다. 대개 파디가티가 아침에 호텔에서 먼저 나온다는 점만 달랐다.

그는 여덟시 반에서 아홉시 사이 아직 인적이 드물 때 해변에 도착했다. 안전 요원들은 정중한 인사로 그를 맞았는데, 듣기로는 그가 언제나 매우 넉넉한 팁을 준다고 했다. 해변에서도 그는 머리끝에서 발끝까지 평소 도시에서 입던 옷차림을 하고 있었다(나중에서야 알게 됐는데, 날씨가 더워지면 넥타이와 신발을 벗긴 했지만 선글라스 위로 챙이 드리워진 흰색 파나마 모자는 절대 벗지 않았다). 외따로 떨어진 그의 비치파라솔은 일부러 다른 것보다 더 앞쪽에 설치하게 하여 바다에서 불과 몇 미터 떨어지지 않은 곳에 있었다. 그는 그 아래 긴 의자에 드러누운 채, 무릎 위에 펼쳐놓은 탐정소설을 읽거나 목덜미 뒤로 손깍지를 끼고 족히 두 시간은 바다를 바라보며 그렇게 있었다.

델릴리에르스는 열한시 이전에는 나오지 않았다. 굼뜬 야수가 무거운 발굽을 우아하게 들어 큰 걸음을 옮기듯이, 그는 서두르지 않고 해변의 막사와 천막 사이의 뜨거운 모래사장을 가로질렀다. 거의 알몸이다시피 한 모습이었다. 왼쪽 골반에 끈을 묶은 흰색 수영 팬츠와 성모마리아 펜던트가 흉부 위에서 달랑거리는 금 사슬 목걸이는 어떻게든 그의 노출을 돋보이게 했다. 그는 특히 처음 며칠은 나에게까지 인사하는 나름의 수고를 치렀는데, 우리 천막의 그늘에 있는 나를 볼 때마다 알은체를 했던 것이다. 그렇다 해도 천막과 파라솔 사이의 좁은 통로를 지나면서 짜증이 난다는 듯 이맛살을 찌푸리지 않은 적이 없었다. 이러한 행동들을 진지하게 받아들일 이유는 없었다. 어쨌거나 남자든 여자든 그곳에 있던 사람 대부분이 자신을 감탄 어린 시선으로 바라본다는 사실을 그는 스스로 느끼고 있었으며, 그것이 큰 기쁨이었음은 분명했다.

남녀 모두가 그를 감탄하며 바라본 것은 틀림없었다. 하지만 델릴리에르스를 위해 리초네 해변의 페라라 구역을 따로 예약하는 아량을 베푼 것은 파디가티라는 생각이 곧바로 뒤따랐다.

그해 우리 옆의 천막에는 변호사의 아내인 라베촐리 부인이 있었다. 그녀는 예전의 위세를 잃고 이제는 그저 나이든 여자일 뿐이었다. 하지만 당시 마흔 살의 원숙한 광채를 발하며, 청소년기에 있는 세 자녀(아들 둘에 딸 하나)에게 무한한 공경을 받고, 또 유명한 민사 변호사이자 대학 교수이며 살란드라* 총리 시절에 국회의원을 지낸 훌륭한 배우자에게서도 그에 못지않게 한결같은 존경을 받는 그녀는 도시의 여론을 일으키는 주요 인사 중 한 명으로 여겨졌다.

라베촐리 부인은 한쪽에 긴 손잡이가 달린 망원경을 들어 델릴리에르스가 도착한 파라솔을 향해 시선을 겨누었다. 그러고는 '아르노 강 연안'의 피사에서 나고 자란 사람답게 그 지역의 토스카나 방언을 놀라울 만큼 빠르고 능숙하게 구사하며, '저쪽에서' 벌어지는 모든 일을 끊임없이 우리에게 알려주었다.

그녀는 라디오의 스포츠 해설가가 중계하듯이, 가령 "신혼부부"가 갑자기 의자에서 일어났다거나 그들이 가장 가까운 보트를 향해 다가갔다는 등의 소식을 전했다. 분명 젊은 남자가 확 트인 바다로 나가고 싶다는 바람을 표현했을 거라는 둥,

---

* Antonio Salandra(1853~1931). 이탈리아 정치인으로 일차대전 직전 총리에 올라 이탈리아의 참전을 이끌었으며, 1916년 총리직에서 물러난 이후 무솔리니와 파시즘을 지지했다.

그가 돌아오길 기다리며 "불안함에 두근거리는 심정"으로 혼자 있는 게 싫었던 파디가티 선생님은 그에게 같이 가자는 동의를 구했을 거라는 등. 그녀는 델릴리에르스가 수영을 마치고 몸을 말리기 위해 야외에서 펼치는 맨손체조 장면을 묘사하기도 했다. 그러면서 만약 그의 한가로운 "애인"이 수건을 들고 다가온다면 아주 흔쾌히 자기 몸을 닦고 말리고 만지도록 내어줬을 것이 분명하다고도 했다.

그녀는 이어서 말하기를(언제나 이 천막 저 천막을 돌아다니며 특히 내 어머니 앞에서 마음껏 떠벌렸다. 아마 "자녀들"에게는 들리지 않게 자기 목소리를 낮추었다고 믿는 것 같았지만 실제로는 다른 때보다 더 크게 말했다), 델릴리에르스는 근본적으로 타락한 청년, "돼먹지 못한 녀석"은 아닐 것이며, 아마 군복무를 마치고 사회로 돌아오면 훨씬 좋아질 것이라고 했다. 하지만 파디가티 선생님은 그렇지 않다는 얘기였다. 그 신분과 나이의 신사로선 어떻게든 변명의 여지가 없다고 그녀는 단정지었다. 과연 그럴까? 알 게 뭔가! 여태껏 누가 그런 데 신경이나 썼다고! 하지만 하필이면 아는 사람들로 우글대는 바로 이곳 리초네에 오다니! 페라라에서 온 누군가를 맞닥뜨릴 위험이 없는 해변이 이탈리아에 수도 없이 많을 텐데, 하필이면 이곳에 나타나서 스스로를 구경거리로 만들다니! 그럴 순 없다. 오로지 "추잡한 늙은이"(이렇게 말하는 라베촐리 부인의 여왕같이 크고 푸른 눈에서는 격렬한 분노의 불꽃이 이글거렸다), "타락한 늙은이"나 그렇게 행동할 법한 것이다.

라베촐리 부인은 떠들어댔고, 나는 그녀가 어서 입을 다물었으면 했다. 내가 생각하기에 그녀의 말은 부당했다. 내가 파디가티를 썩 좋아하지 않았던 건 사실이지만, 파디가티의 행동이 추잡하다고 여겨지지는 않았다. 나는 델릴리에르스의 성격을 속속들이 알고 있었다. 페라라에서 가까운 로마냐의 해변을 선택한 것은 온전히 그의 악의와 뻔뻔함에서 비롯되었다. 파디가티의 뜻과는 무관하리라고 나는 확신했다. 내가 보기에, 파디가티는 수치를 느끼고 있었다. 그런 이유로 그는 내게 인사를 하기는커녕 나를 보고도 못 본 체했던 것이다.

8월 초부터 바닷가에서 지내던 라베촐리 변호사(다른 사람들과 마찬가지로 추문에 관해 잘 알고 있었던)와 달리, 나의 아버지는 25일 토요일 아침에서야 리초네에 도착했다. 예상했던 날보다 더 늦게, 그리고 분명 아무것도 모른 채 돌연히 기차를 타고 왔다. 도착해보니 숙소에 아무도 없고 가정부도 보이지 않았기에, 아버지는 해변으로 내려갔다.

아버지는 한눈에 파디가티를 알아보았다. 어머니나 라베촐리 부부가 말릴 새도 없이, 아버지는 기분 좋게 파디가티에게 다가갔다.

파디가티는 움찔하고 놀라며 돌아보았다. 벌써 손을 내밀고 있던 나의 아버지를 보고 그는 예의 긴 의자에서 몸을 일으키려 했다.

마침내 그가 일어나서 인사를 나누었다. 그런 뒤 우리는 적어도 오 분 동안 그들이 우리를 등진 채 파라솔 아래 서서 대화하는 장면을 지켜보았다.

두 사람은 잔물결 하나 없이 창백한 빛을 발하는 매끄럽고 잔잔한 바다의 표면을 바라보았다. 그리고 나의 아버지는 "일을 쉬는" 데서 오는 행복감을 표출했으며(도시에 남겨진 유쾌하지 않은 모든 것들, 가령 업무나 빈집, 여름의 무더위, 로베라로 식당에서의 우울한 점심, 모기떼 등을 언급하면서), 팔을 들어 해안에서 가깝고 먼 곳에 흩어져 있는 수백의 보트들과 아주 저 멀리 수평선에 간신히 보이는, 거의 공중에 매달려 있는 듯한 소형 어선과 낚싯배의 적갈색 돛을 파디가티에게 가리켜 보였다.

그들은 마침내 우리 천막을 향해 다가오기 시작했다. 파디가티는 아버지보다 일 미터가량 뒤처져 걸어왔는데, 그의 얼굴에는 애원 혹은 불쾌함 같기도 하고, 또 죄책감을 드러내는 것 같기도 한 이상한 표정이 떠올라 있었다.

때는 열한시쯤이었다. 델릴리에르스는 아직 나타나지 않았다. 나는 일어나 그들을 맞이하면서, 선생님이 줄지어 늘어선 막사를 향해 불안으로 가득한 눈길을 재빨리 던져 자신이 기다리는, 혹은 두려워하는 그 친구가 금방이라도 나오는 건 아닌지 확인하는 것을 눈치챘다.

9

파디가티는 내 어머니의 손에 입을 맞추었다.

"라베촐리 변호사를 아시지요?" 아버지가 즉각 큰소리로 물었다.

그는 잠시 우물쭈물했다. 아버지를 바라보면서 그렇다고 고개를 끄덕이고는, 그는 안절부절못하며 라베촐리 부부의 천막으로 향했다.

변호사는 평소보다 더욱 심취해서 『앤서니 애드버스』*를 읽는 중이었다. 세 아이는 가까운 모래사장에서 파란색 수건 주위에 빙 둘러 엎드린 채 도마뱀들처럼 꼼짝 않고 등에다 햇볕을 쬐고 있었다. 부인은 무릎 아래 긴 주름을 드리우는 식탁보

---

* Anthony Adverse. 미국 작가 윌리엄 허비 앨런William Hervey Allen (1889~1949)이 1933년에 발표한 장편 로맨스 소설로, 대중적으로 큰 인기를 끌었고 1936년에 영화로 제작되었다.

에 수를 놓고 있었다. 마치 르네상스 시대의 그림 속, 구름 옥좌에 앉은 성모 같은 모습이었다.

순진하기로 유명한 나의 아버지는 물이 발등에 차오르기 전까지 돌아가는 '상황'을 도통 눈치채지 못하는 사람이었다.

"변호사님!" 아버지가 소리쳤다. "누가 왔는지 보세요!"

라베촐리 부인은 남편이 대답하기도 전에 먼저 끼어들 준비가 되어 있었다. 그녀는 갑자기 식탁보에서 눈을 거두고는 파디가티에게 황급히 손등을 내밀었다.

"아, 네…… 네……" 그녀의 목소리가 떨렸다.

햇살 아래 기운 없이, 여느 때와 마찬가지로 신발과 모래에 걸려 약간 휘청대며 라베촐리 부부의 천막에 도착한 파디가티는 부인의 손에 입을 맞췄으며, 그러는 사이에 일어선 변호사와 악수를 나누었다. 그런 다음에는 세 아이와도 차례차례 악수를 했다. 그러고 나서 마침내 그는 우리의 천막으로 돌아왔다. 아버지는 그를 위해 벌써 어머니의 자리 옆에다 안락의자를 마련해놓았다. 파디가티는 조금 전보다 한결 평온해 보였다. 마치 힘든 시험을 치른 뒤 마음이 홀가분해진 학생 같았다.

자리에 앉자마자 파디가티는 안도의 한숨을 내쉬었다.

"그런데 여기 매우 멋지군요." 그가 말했다. "참 시원하기도 하지!"

그는 한껏 몸을 틀어 내게 말을 건넸다.

"지난달 볼로냐의 불볕더위 기억나니?"

그는 내가 부모님께 한마디도 꺼낸 적이 없었던 아침 여섯시 오십분 완행열차에서 이뤄진 우리의 정기적인 만남에 관해 얘기하면서, 그 덕에 지난 석 달 사이 우리가 "정말 좋은 친구"가 되었다고 했다. 대수롭지 않다는 듯 태연한 말투였다. 늘 자신이 속해 있던 교양 있고 예의 바른 사람들의 무리로 다시 받아들여져 갑자기 자신의 자리를 되찾고 우리와 같이, 심지어 그 두려운 라베촐리 부부와도 같이 있다는 것이 그에게는 언뜻 현실로 느껴지지 않았을 것이다. 그는 불어오는 바닷바람을 향해 가슴을 부풀리며 계속 "아아!" 하고 숨을 내쉬었다. 행복하고 자유로운 기분을 느끼며, 이런 기분을 허락한 우리 모두에게 고마운 마음이 가득했던 것이 분명하다.

이내 아버지는 8월 페라라의 엄청난 불볕더위에 관해 이야기했다.

"밤에 잠을 이룰 수가 없지요." 아버지는 얼굴을 찡그리며 괴로운 표정을 지었다. 마치 그 기억만으로도 도시의 더위가 주는 모든 압박을 고스란히 느낄 수 있다는 듯 말이다. "정말 그렇다니까요, 선생님, 한시도 눈을 감을 수가 없어요. 어떤 이들은 플릿*이 발명된 해부터 현대가 시작됐다고들 하지요. 그들과 논쟁하고 싶은 마음은 없습니다. 하지만 플릿을 뿌리는 것은 꽁꽁 닫힌 창문을 연상시키기도 하잖아요. 그리고 닫힌 창문은 땀으로 들러붙은 침대 시트를 의미하고요. 농담이 아닙니다. 나는 어제까지도 공포의 밤이 다가오는 것을 봤다

* Flit. 파리, 모기 퇴치용 스프레이 살충제의 상표 이름이다. 미국 석유회사 엑손모빌의 전신인 스탠더드오일에서 1923년에 출시했으며, 만화 작가 닥터 수스가 제작한 광고 슬로건 "Quick, Henry! The Flit!"이 크게 유행했다.

고요. 빌어먹을 모기들!"

"여기는 다르지요." 파디가티가 열정적인 기세로 대꾸했다. "아무리 더운 밤이라도 여기서는 편안하게 숨을 쉴 수 있어요."

그러고서 그는 이탈리아의 다른 해안들과 비교해 아드리아 해안이 가진 좋은 점들에 대해 장황하게 늘어놓기 시작했다. (그가 털어놓았듯이) 베네치아 출신이었고 베네치아의 리도 섬에서 유년기와 청소년기를 보냈기에, 그의 판단은 어쩌면 편견에 치우친 것일지도 모른다. 어쨌든 아드리아 해는 그에게 서쪽 티레니아 해보다 훨씬 더 마음이 평온해지는 바다인 것 같았다.

라베촐리 부인은 귀를 쫑긋 세우고 있었다. 그녀는 자기 출신 지역을 두둔하면서 파디가티를 공격하려는 사악한 의도로, 열렬히 티레니아 해를 감싸고 들었다. 만약 휴가를 보낼 장소로 리초네와 비아레조* 둘 중 한 곳을 선택해야 하는 상황에 부닥친다면, 잠시도 망설이지 않을 것이라고 자신하는 것이었다.

"한번 생각해보세요." 그녀는 이어서 말했다. "어떤 때는 저녁에 차나리니 카페 앞을 지나면서 단 일 킬로미터도 페라라에서 벗어나지 못했다는 인상을 받게 돼요. 솔직히, 적어도 여름에는 기분전환 삼아서라도 일년 내내 보는 것과는 다른 얼

---

* Viareggio. 이탈리아 토스카나 주 북부의 도시로, 티레니아 해 및 리구리아 해와 접해 있으며, 해변 휴양지로 유명하다.

굴을 보고 싶잖아요. 그런데 이곳에서는 델라보르사 카페의 주랑 아래 로마 대로를 걷거나 조베카 대로를 걷는 것 같지 않나요?"

불편함을 느낀 파디가티는 의자에서 앉은 자세를 바꾸었다. 그의 시선은 다시금 막사를 향해 내달렸다. 하지만 델릴리에르스의 모습은 여전히 보이지 않았다.

"그럴지도 모르죠. 그럴 수 있어요." 그는 바다로 눈길을 돌리면서 초조한 미소를 띤 채 대답했다.

매일 오전 열한시에서 열두시 사이면 그러하듯이 그동안 바다는 색깔을 바꾸었다. 삼십 분 전의 흐릿하고 칙칙한 물빛은 감쪽같이 자취를 감추었다. 망망대해에서 불어오는 세찬 바람과 거의 절정에 달한 태양이 바다를 황금 가루가 듬뿍 뿌려진 광활한 푸른빛으로 바꾸어놓았다. 일찌감치 수영을 하러 나온 사람들이 해변으로 몰려들기 시작했다. 라베촐리네 세 아이도 어머니에게 허락을 구한 뒤 수영복으로 갈아입기 위해 숙소로 갔다.

"그럴 수 있지요." 파디가티가 거듭 말했다. "하지만 친애하는 라베촐리 부인, 태양이 '산마리노의 하늘빛 시야'* 뒤편으로 지기 시작할 때, 이곳에서 우리를 위해 마련된 그런 오후를 보려면 어디로 가야 합니까?"

---

* 이탈리아 시인 조반니 파스콜리Giovanni Pascoli(1855~1912)의 시 「로마냐 Romagna」의 네번째 행("l'azzurra visïon di San Marino")을 인용하고 있다. '산마리노'는 이탈리아반도 중동부 산악지대에 자리한 유럽에서 가장 작은 나라 중 하나이다.

그는 모든 음절을 또박또박 발음하고 '시야vision'에 붙인 분음 부호를 강조하면서, 단조로운 말투로 가벼운 콧소리와 함께 파스콜리를 인용했다. 당황스러운 침묵이 뒤따랐다. 하지만 파디가티가 이내 말을 이어갔다.

"리비에라디레반테*의 일몰이 장관이라는 것을 잘 알고 있습니다. 하지만 그것을 보려면 언제나 비싼 대가를 치러야 하지요. 여기서 대가란 무슨 말인가 하면, 오후에는 바다가 볼록 렌즈 비슷하게 변해서 모든 걸 태워버릴 듯 뜨겁게 변하지요. 사람들은 집 안에 틀어박혀 있거나 기껏해야 소나무숲으로 피신하는 게 다예요. 오후 두시나 세시가 지나서 아드리아 해의 빛깔이 어떤지 보셨을 테지요. 파랗다 못해 검은빛으로 변합니다. 즉 눈부실 게 없어요. 수면은 태양광을 반사하기보다는 흡수해버리지요. 더 정확히 말하면, 반사하는 것은 맞습니다. 하지만 그 방향이 저기 유고슬라비아 쪽이라는 거죠!" 그는 멍한 표정으로 말을 마무리했다. "나는 식사 끝나기 무섭게 해변으로 돌아옵니다. 오후 두시. 경건한 평화 속에서 우리의 신성한 아드리아 해변을 만끽하기에 이보다 더 아름다운 순간은 없으니까요!"

"그곳에 당신의…… 당신의 그 죽고 못 사는 친구와 같이 가겠지요." 라베촐리 부인은 톡 쏘듯이 대꾸했다.

찬물을 끼얹는 말에 현실로 돌아온 파디가티는 어찌할 바

---

* Riviera di Levante. 이탈리아 서북부 리구리아 해의 해안선으로, 제노바에서 스페치아 만까지 약 백삼십 킬로미터에 이른다. 아펜니노 산맥이 연결된 지대라 아찔하게 솟은 해안 바위들과 그 정상에 형성된 마을 풍경이 인상적이다.

를 몰라 입을 다물었다.

바로 그때, 리미니 방향으로 몇백 미터 떨어진 곳에 사람들이 갑자기 모여들자 아버지가 관심을 보였다.

"무슨 일이지?" 아버지는 눈 위로 손차양을 만들어 더 자세히 살폈다.

바람을 통해 환호성과 함께 박수 소리가 들려왔다.

"두체가 수영하러 왔네요."* 움츠러든 기색으로 라베촐리 부인이 설명했다.

아버지는 입을 삐죽거렸다.

"바다조차 우리의 안식처가 될 수 없다니." 낮은 소리로 그가 중얼거렸다.

그 세대의 대다수 이탈리아 유대인처럼 낭만적이고 애국적이며 정치적으로 순진하고 미숙한 나의 아버지 역시 1919년 전쟁을 마치고 고향으로 돌아와 파시스트당의 당원이 되었다. 본래 온순하고 정직한 성격임에도 불구하고 '초창기'부터 파시스트였던 셈이다. 하지만 무솔리니가 초기의 대립 관계 이후 히틀러와 결탁하기 시작할 때부터 아버지는 불안감을 느꼈다. 이탈리아에서도 반유대주의가 돌발할 가능성을 늘 염두에 두었고, 그로 인해 고통받으며 이따금 정권을 향해 쓴소리를 내뱉곤 했다.

"얼마나 소탈하고 인간적인 사람인지 몰라요." 아버지는 아

* Duce. '두체'는 최고 통치자, 수령을 뜻하는 말로 파시즘 지지자들 사이에서 베니토 무솔리니를 가리키는 칭호로 사용되었다. 무솔리니는 1934년 리초네 해변 인근의 별장을 구입하여 십 년 동안 가족의 여름 별장으로 사용했다.

랑곳않고 라베촐리 부인이 덧붙였다. "토요일 아침마다 차를 끌고 로마에서 리초네까지 단숨에 달려올 정도로 훌륭한 남편이라니까요."

"정말 훌륭하기도 하지." 아버지가 비웃었다. "돈나 라켈레*는 얼마나 행복할까 몰라!"

자기 말에 동의해주길 바라며 아버지는 의식적으로 라베촐리 변호사를 바라보았다. 라베촐리 변호사로 말할 것 같으면, 파시스트당 당원이 되기를 거부한 사람이 아니었던가. 1924년 그 유명한 크로체의 반파시스트 지식인 선언문에도 서명하지 않았던가. 그리고 적어도 수년간, 최소한 1930년까지는 자유민주주의자이자 패배주의자로 불리지 않았던가. 하지만 그 모든 것이 아무 소용 없었다. 변호사는 두툼한 『앤서니 애드버스』의 책장에서 마침내 시선을 거두긴 했지만, 아버지의 말없는 호소에는 무감각한 채였다. 그 유명한 변호사이자 교수는 목을 쭉 뺀 채 실눈을 뜨고 바다 쪽을 집요하게 살필 뿐이었다. 세 아이는 빌린 보트를 타고 해안에서 너무 멀리 떨어진 곳으로 몰아가고 있었다.

"지난 토요일에 말예요." 그러는 사이 라베촐리 부인이 다시 입을 열었다. "필리포와 제가 서로 팔짱을 끼고 밀레 대로를 따라 돌아오던 중이었어요. 오후 일곱시 삼십분이나 그보다 좀 이른 때였는데, 갑자기 별장의 정문이 열리더니 누가 나

* Rachele Guidi Mussolini(1890~1979). 무솔리니의 두번째 부인으로 '돈나 라켈레Donna Rachele'라고 불렸다. 오랫동안 무솔리니와 내연 관계를 유지하다가 1915년 결혼했다.

왔는지 아세요? 다름아니라 머리끝에서 발끝까지 하얗게 차려입은 두체였죠. 저는 '안녕하십니까, 각하' 하고 인사했어요. 그러자 그는 매우 공손하게 모자를 벗으면서 '안녕하세요, 부인'이라고 대답하는 거예요. 피포, 그랬죠?" 그녀는 남편을 돌아보고는 덧붙였다. "그는 무척이나 정중했어요."

변호사는 고개를 끄덕였다.

"우리는 우리의 실수를 인정하는 겸손한 태도를 보여야 할 겁니다." 그가 아버지를 향해 진지하게 말했다. "잊지 말도록 합시다. 그는 우리를 제국으로 이끈 위인이라는 것을."

마치 자기테이프에 새겨진 것처럼, 내 기억 속에는 그날 오전에 그들이 번갈아가며 했던 모든 말이 생생하게 남아 있다.

라베촐리 변호사는 판결을 선고한 다음 책 읽기로 돌아갔다. 그 말을 들은 아버지의 눈이 휘둥그레졌다. 하지만 부인은 이미 자제력을 상실하고 말았다. 남편의 발언에 힘입어, 특히 아마도 그전에는 그의 근엄한 입을 통해 들어본 적이 없는 "제국"이라는 말에 기세가 등등해진 그녀는 두체의 "선량한 마음"과 로마냐 사람으로서의 너그러운 기질에 대해 끝없는 찬사를 늘어놓았다.

"얘기가 나왔으니 말인데, 삼 년 전 바로 이곳 리초네에서 제가 직접 목격한 일을 여러분에게 들려줄까 해요. 어느 날 아침 두체는 장성한 두 아들인 비토리오, 브루노와 함께 수영을 했어요. 오후 한시쯤 물에서 나왔을 때, 막 도착한 전보 한 통이 그를 기다리고 있었어요. 오스트리아의 총리 돌푸스가 암살됐다는 소식이 적힌 전보였지요. 그해에 우리 천막은 무솔리니의 천막에서 몇 걸음 떨어지지 않은 곳에 있었어요. 그러니까 제가 들려주는 이야기는 완전히 사실이에요. 전보를 읽자마자 두체는 사투리로 엄청난 욕설(워낙에 그러한 기질이니까요!)을 퍼붓더군요. 하지만 그러고 나서는 울기 시작했는데, 그의 뺨을 타고 흐르는 눈물을 내 눈으로 똑똑히 봤다니까요. 무솔리니와 돌푸스는 좋은 친구였어요. 그 이상이었죠. 그 여름, 자그마하고 호리호리한 몸에 다소곳하고 아주 귀여운 돌푸스 부인은 바로 그들 별장의 손님이었고요. 아주 어린 아이들과 함께 말이에요. 분명히 두체는 곧 별장으로 가서는 그 가엾은 어머니에게 어쩔 수 없이 사실을 말해야 한다는 생각에 눈물을 흘리고 말았을 거예요."

갑작스럽게 파디가티가 일어섰다. 라베촐리 부인의 악담에 수치심을 느꼈을 때부터 전혀 입을 열지 않았던 터였다. 그는 초조하게 입술을 깨물면서, 어째서 델릴리에르스가 이렇게 늦는지, 혹시 그에게 무슨 일이 생겼는지 걱정하고 있었다.

"저기, 실례가 안 된다면 이만……" 그는 멋쩍어하며 말을 더듬었다.

"아직 이르죠!" 라베촐리 부인이 따지듯이 이의를 달았다. "당신 친구를 기다리지 않을 건가요? 한시가 되려면 아직 이십 분이나 남았어요!"

파디가티는 뭐라고 알아들을 수 없는 소리로 웅얼거렸다. 그는 모든 사람과 빙 돌아가며 악수를 하고는 파라솔 방향으로 터덜터덜 걸으며 멀어져갔다.

파라솔에 도착하자 그는 몸을 굽혀 탐정소설과 목욕 수건을 집었다. 그러고 나서 우리는 그가 뙤약볕 아래 해변을 다시 가로지르는 모습을 보았는데, 이번에는 호텔로 돌아가고 있었다.

겨드랑이에 책을 끼고 수건은 어깨에 두른 채, 땀과 불안으로 일그러진 얼굴로 그는 힘겹게 걸어갔다. 그제야 단숨에 모든 소식을 낱낱이 전해들은 나의 아버지는 연민 어린 눈으로 그를 지켜보다가 사투리로 낮게 중얼거렸다.

"가엾어라."

10

점심을 마치자마자 나는 곧장 혼자서 해변으로 돌아왔다.

나는 천막 아래에 앉았다. 바다는 이미 검푸른색으로 변해 있었다. 하지만 연안에서 겨우 몇 미터 떨어진 곳부터 보이지 않을 정도로 멀리 떨어진 곳까지, 그날 파도의 머리는 눈보다 더 새하얀 깃털을 나부꼈다. 바람은 언제나 바다에서 불어왔지만, 지금은 가볍게 역풍이 불었다. 아버지의 군용 쌍안경을 통해 오른쪽 물굽이의 포물선이 끝나는 푼타디페사로의 돌출부를 응시했다. 소나무 줄기가 머리털을 거칠게 헝클어뜨리며 휘청거리는 풍경이 보였다. 이른바 오후의 그리스 바람에 떠밀린 길고 높은 파도들이 잇따라 촘촘한 대열을 이루며 전진했다. 높이 솟은 물거품의 깃털이 아래로 치닫고 마지막 몇 미터 안에서 거의 완전히 사라지기 전까지, 파도는 마치 육지를 공격하러 몰려드는 것 같았다. 나는 해변용 의자에 누워 해안을 향해 밀려드는 파도가 부딪치는 둔탁한 소리를 들었다.

작은 어선들의 돛도 사라져버린 바다의 사막(일요일인 다음날 아침에는 어선 대부분이 리미니와 체세나티코 운하 부두의 선착장에 가지런히 늘어서 있는 것을 볼 수 있었다)은 해변의 사막과 거의 완벽하게 조화를 이루었다. 우리 천막에서 멀지 않은 곳에 있는 어떤 천막에서 누군가 축음기를 틀었다. 정확히 어떤 음악인지는 모르겠지만, 아마 재즈였을 것이다. 내 바로 앞, 육지와 아주 가까운 곳에서 그 음악에 귀를 기울이며 쓸쓸하고 근면하게 바다의 밑바닥을 파헤치는 조개잡이 노인에게 시선을 고정한 채, 나는 세 시간 이상 거기 그대로 있었다.

다섯시가 조금 지나 일어섰을 때, 노인은 여전히 조개를 찾는 중이었고 축음기에서도 아직 음악이 들리고 있었다. 태양이 천막과 파라솔의 그늘을 아주 길게 늘어뜨렸다. 파디가티의 파라솔이 드리운 그늘은 이제 바다에 거의 닿을 듯했다.

해안 지구의 그랜드 호텔 앞마당은 모래사장과 곧장 이어져 있었다. 그곳에 발을 들여놓자마자 호텔 바깥 계단 앞에 놓인 콘크리트 벤치 중 한 곳에 앉아 있는 파디가티가 눈에 띄었다.

그 또한 나를 보았다.

"안녕하세요." 나는 그에게 다가가며 인사했다.

그가 벤치를 가리키며 말했다.

"앉지 않을래? 잠깐만 앉았다 가."

나는 그의 말대로 했다.

그는 재킷 안주머니에 손을 넣어 나치오날리 담뱃갑을 꺼내서는 내게 내밀었다.

　　담뱃갑에는 담배가 두 개비밖에 남아 있지 않았다. 그는 내가 주저한다는 것을 알아차렸다.

　　"나치오날리 담배야." 그는 열의에 차 기이하게 번뜩이는 눈빛으로 외쳤다.

　　마침내 내가 망설이는 이유를 이해하자 그는 미소지었다.

　　"아, 피워, 어서 피워! 사이좋은 친구들처럼, 하나는 네 것, 하나는 내 것이지."

　　옆으로 굽은 아스팔트 도로에서 굉음이 울리더니 자동차 한 대가 광장으로 불쑥 나타났다. 파디가티는 차를 보려고 몸을 돌렸다. 하지만 기대감은 없었다. 실제로 그 차는 알파로메오가 아닌 회색 피아트 1500 세단이었다.

　　"전 가봐야 할 것 같은데요." 내가 말했다.

　　그러면서도 나는 담배 두 개비 중 하나를 집었다.

　　그는 내 슬리퍼를 유심히 바라보았다.

　　"보아하니, 해변에서 온 모양이군. 오늘 바다가 어찌나 아름답던지!"

　　"맞아요, 수영하기에는 별로지만요."

　　"얘야 제발, 성급하게 물에 뛰어들 생각은 하지도 마!" 그가 소리쳤다. "자네는 젊으니, 필시 심장이 튼튼할 거야. 큰 복이지. 하지만 갑작스레 심장마비가 오면 아무리 건강한 사람이라도 생명을 잃을 수 있거든."

　　그는 성냥에 불을 붙여 내게 내밀었다.

"지금 무슨 약속이라도 있니?"

나는 라베출리 아이들과 여섯시에 만나기로 했다고 대답했다. 우리는 차나리니 카페 뒤쪽의 테니스장에 가기로 약속했다. 여섯시까지는 아직 이십여 분 남아 있었지만, 집에 들러서 옷을 갈아입고 테니스 라켓과 공을 챙겨야 했다. 어쨌든 나는 제시간에 도착하지 못할까봐 걱정이었다.

"파니가 같이 가겠다고 나서지 않기를 바랄 뿐이에요." 나는 덧붙여 말했다. "어머니는 동생의 머리를 다시 땋아주기 전에는 내보내지 않을 테고, 그러면 족히 십 분은 허비하게 되니까요."

이야기를 하면서 나는 호기심 어린 눈으로 그의 행동을 지켜보았다.

그는 입술에서 담배를 떼어 상표가 있는 쪽의 반대편에다 불을 붙였다. 그러고는 빈 담뱃갑을 툭 던졌다.

그제야 나는 우리 앞 땅바닥에 담배꽁초가 열두 개도 넘게 널려 있다는 것을 알아차렸다.

"내가 얼마나 피워댔는지 알겠지?" 그가 말했다.

"네."

'그런데 델릴리에르스는요?'라고 물어보고 싶은 마음이 굴뚝같았지만, 감히 용기를 내지 못했다.

나는 자리에서 일어나 그에게 손을 내밀었다.

"전에는 전혀 안 피우셨던 것으로 아는데요."

"인후염의 확산을 위해 나 또한 적당히 이바지하려고 노력 중이야." 그는 낄낄거리며 측은하게 웃었다. "그게 내게 맞을 거라고 생각했어."

나는 돌아서서 몇 걸음을 떼었다.

"차나리니 근처의 테니스장이라고 했지, 그렇지?" 그는 뒤에서 큰소리로 말했다. "내가 조금 뒤에 너희를 응원하러 갈지도 몰라."

나중에 알게 됐지만, 델릴리에르스에게 무슨 심각한 일이 일어난 건 아니었다. 그가 사라진 이유는 갑자기 리초네 대신 리미니에서 수영하고 싶은 마음이 들었기 때문이다. 그날 델릴리에르스는 리미니의 비토리아 호텔 근처에서 파르마에서 온 자매와 알게 되었다. 룸메이트에게 짧은 메모 하나 남기는 배려도 없이 차를 갖고 사라진 그는 저녁 여덟시쯤에야 돌아왔다. 이 사실은 라베촐리 부인이 알려주었다. 그녀는 그 시간에 우연히 남편과 같이 그란드 호텔의 로비에서 식전주를 마시고 있었다. 그러다가 문득 흙빛이 된 얼굴로 성큼성큼 로비를 가로지르는 "그 델릴리에르스"와 거의 울상이 되어 바짝 뒤따르는 파디가티를 본 것이다.

그런데 바로 그날 밤, 그란드 호텔의 테라스에서 델릴리에르스가 내게 말을 걸었다.

나는 나의 부모님, 그리고 늘 동행하는 라베촐리 부부와 함께였다. 테니스를 한 뒤 피곤이 가시지 않았던 터라 나는 춤을 추지 않았다. 그 대신 라베촐리 부인의 이야기를 잠자코 듣고 있었는데, 그녀는 우리의 마음을 상하게 할 줄 뻔히 알면서도 히틀러 치하 나치 독일의 "타당성"을 늘어놓으며 언젠가는 그 "부인할 수 없는 위대함"을 인정할 수밖에 없으리라고 주장

했다.

"하지만 부인, 당신의 돌푸스가 바로 히틀러 추종자들에 의해 암살됐다는 것을 유념하셔야 합니다." 내가 비웃으며 말했다.

그녀는 어깨를 으쓱했다.

"그게 뭐 어때서?"라며 코웃음을 칠 뿐이었다.

그녀는 학급의 우두머리로서 학생들의 어떠한 장난도 눈감아줄 수 있는 여교사처럼 의기양양하고도 참을성 있는 표정을 지었다.

"그러한 일들은 유감스럽지만, 정치적인 요구라고 볼 수 있어요." 그러고는 말을 이었다. "개인적인 연민이나 반감은 제쳐두자고요. 특수 상황에서 국가원수는 그 이름에 어울리는 진정한 정치인으로서, 자국민의 안녕과 이익을 위해 보통 사람들의 조심스러운 감정을 뛰어넘을 줄도 알아야 해요. 우리 같이 힘없는 사람들의……"

마지막 말과는 아주 대조적으로 그녀의 미소에는 자부심이 넘쳤다.

아버지는 깜짝 놀라 뭔가 얘기하려고 입을 떼었다. 하지만 늘 그렇듯이 라베촐리 부인은 말할 겨를을 주지 않았다. 그녀는 화제를 바꾸자는 분위기를 풍기며 아버지를 똑바로 바라보고는 『라 치빌타 카톨리카』* 최신호에 실린 그 유명한 아고

* La Civilta Cattolica. 이탈리아 예수회에서 1850년부터 발행해온 잡지로, 이탈리아에서 상당한 영향력을 가진 매체다. 월 2회 발행되며 본사는 로마에 있다.

스티노 제멜리 신부*의 "흥미로운" 기사에 대해 상세하게 설명하기 시작했다.

기사의 주제는 '아주 오래되고 매우 고질적인 유대인 문제'였다. 제멜리 신부의 진술에 따르면, 거의 이천 년 동안 세계 곳곳에서 자행된 "이스라엘 민족"에 대한 반복적인 박해는 하늘의 분노를 암시한다고밖에 설명될 수 없다는 것이다. 그리고 그 기사는 다음과 같은 질문으로 끝맺는다고 했다. "심장이 움찔할진대, 그리스도인에게 허락될 수 있을까? 알다시피, 온갖 폭력적인 생각에서부터 신의 의지가 분명하게 표출된 역사적 사건들과 관련한 심판에 이르기까지……"

이때 나는 등나무 소파에서 일어나 아무런 양해도 구하지 않은 채 뒤로 물러났다.

그러니까 나는 테라스와 식당을 분리하는 큰 유리창의 틀에 등을 기대고 서 있었다. 바로 그 순간 오케스트라의 연주가 시작되었는데, 내 기억이 맞는다면 〈블루 문〉†이었을 것이다.

Ma tuu…… pallida luna, perchée……
sei tanto triste, cos' èe……

---

* Agostino Gemelli(1878~1959). 프란치스코 작은형제회 소속의 이탈리아 가톨릭 사제로 의사와 심리학자이기도 했다. 밀라노의 사크로쿠오레 가톨릭대학을 설립했으며 초대 총장을 역임했다.

† Blue Moon. 로렌츠 하트 작사, 리처드 로저스 작곡의 1934년 노래로 코니 보스웰이 불러 공전의 히트곡이 되었다. 많은 가수가 리메이크해서 불렀고, 이탈리아에서도 '우수에 잠긴 달Luna malinconica'이라는 제목과 이탈리아어 버전의 가사로 큰 사랑을 받았다.

(창백한 달빛 아래…… 어째서 당신은……

그리도 슬퍼하는가요……)

언제나 그렇듯 달콤한 노랫소리였다. 갑자기 누군가 두 손가락으로 내 어깨를 툭툭 치는 느낌을 받았다.

"안녕." 델릴리에르스였다.

리초네에서는 처음으로 내게 말을 거는 것이었다.

"안녕, 어떻게 지내?" 내가 답했다.

"오늘은 좀 괜찮네." 그가 윙크하며 말했다. "그런데 넌 여기서 뭘 하며 지내지?"

"읽고…… 공부하고……" 나는 거짓말을 했다. "10월에 볼 시험이 두 개야."

"아, 그렇구나!" 델릴리에르스는 시름에 잠긴 듯 포마드를 발라 번지르르한 머리카락 사이를 새끼손가락으로 긁으며 한숨을 쉬었다.

하지만 그에게 내 사정은 전혀 중요하지 않았다. 그의 표정이 단박에 바뀌었다. 목소리를 낮춰 중요한 비밀을 나눈다는 분위기를 내며, 그리고 마치 불시에 닥칠 일을 두려워하듯 때때로 뒤를 돌아보면서, 리미니에서 해수욕을 했던 일과 파르마에서 온 두 소녀에 대해 몇 마디로 짧게 설명했다.

"내일 아침 너도 자동차로 같이 가자. 난 거기로 다시 갈 거야. 가자, 제발, 날 도와줘! 한 번에 여자애 둘을 어떻게 감당하라고. 공부는 그쯤 해두고!"

턱시도를 차려입은 파디가티가 식당 구석에 나타났다. 그는 안경 렌즈 뒤로 근시인 눈을 찌푸리면서 주위를 둘러보았다. 델릴리에르스의 흰 재킷이 어디 보이지? 〈블루 문〉 연주에 걸맞게, 달빛처럼 흐릿한 실내가 그의 시야를 가렸다.

"갈 수 있을지 모르겠어." 나는 말했다.

"호텔에서 기다릴게."

"가능한 한 가도록 해볼게. 몇 시에 출발하지?"

"아홉시 삼십분, 괜찮아?"

"그래, 하지만 장담은 못해."

나는 파디가티 쪽을 향해 턱을 까딱거렸다.

"널 기다리나봐."

"그럼 된 거지? 그렇게 하는 거지?" 델릴리에르스는 획 돌아서서 손수건으로 골똘히 안경을 닦고 있는 친구를 향해 나아갔다.

그러고서 불과 얼마 지나지 않아 호텔 전체를 쩌렁쩌렁 울리는 알파로메오 특유의 굉음이 아래쪽 광장으로부터 들려왔다. 아마도 한 쌍의 '연인'은 가장 적절한 방식으로 화해를 기념하기 위해 특별한 밤을 보내기로 했으리라.

11

털어놓자면, 다음날 아침 나는 리미니에 같이 가자는 델릴리에르스의 꾐에 잠시 흔들렸던 것이 사실이다.

가장 내 마음을 끌었던 것은 자동차를 타고 해안 도로를 따라 달리는 것이었다. 하지만 그다음은? 나는 곧장 스스로에게 물었다. 파르마에서 왔다는 그 자매는 어떤 부류일까? 소나무 숲으로 단숨에 (그리고 아주 수월하게) 데려갈 수 있을 만한 흔한 여자애들일까? 아니면 또다른 라베촐리 부인이 경계심 가득한 눈으로 지켜보는 해변에서 접대해야 하는 좋은 집안의 아가씨들일까? 어느 쪽이건 간에(그 중간일 가능성도 전혀 없진 않겠지만), 나는 그 초대를 가벼운 마음으로 받아들일 정도로 델릴리에르스와 친하지 않았다. 이상했다. 델릴리에르스는 한 번도 내게 큰 호감을 드러내거나 진정한 배려를 보인 적이 없었는데, 어제는 거의 간청하다시피 여자들에게 같이 가자고 부탁했다. 정말로 이상했다. 그의 속셈은 무엇보다도 자신이 파디가티와 함께 있는 것은 요상한 취향 때문이 아니라 오로지 공짜로 휴가를 즐기기 위한 것임을, 어쨌든 그의 성적 지향은 여성 쪽이라는 것을 나를 이용하여 우연인 듯 널리 알리려는 것이 아니었을까?

"됐어, 한심하기는!" 가지 않기로 마음먹은 나는 로마냐 사투리로 툴툴거렸다.

잠시 뒤 해변에서 파라솔 아래에 있는 파디가티 선생님이 멀찍이 보였다. 나는 불현듯 그가 치유할 수 없는 끝없는 고독에 방치된 듯한 인상을 받았다. 그리고 델릴리에르스의 제안을 거절했다는 데 내심 안도감을 느꼈다. 적어도 나는 선생님을 기만하지 않았어. 그를 배신하고 이용하려는 자와 놀아나지 않고 그 유혹을 뿌리침으로써 그에 대한 최소한의 존경심이나마 지킬 수 있어.

내가 파라솔에 이르기 직전에 파디가티가 몸을 돌렸다.

"아, 너구나." 그는 별로 놀란 기색 없이 말했다. "나를 보러 와줘서 고맙구나."

고단함과 최근 벌인 언쟁의 고통이 역력하게 풍겼다. 전날 저녁 델릴리에르스는 그럴싸한 약속만 늘어놓고는 그 전날과 다름없이 리미니로 떠난 터였다.

파디가티가 읽던 책을 덮고는 햇빛과 그늘이 반씩 드리운 옆의 의자 위에다 놓았다. 평소에 읽던 탐정소설이 아니라 낡은 꽃무늬 종이에 싸인 얇은 책이었다.

"뭐 읽으세요?" 나는 소책자를 가리키며 물었다. "시집인가요?"

"한번 펼쳐봐."

그것은 행간에 번역이 달린 학습판 『일리아스』 제1권이었다.

"노래하소서, 여신이여! 아킬레우스의 분노를!"* 그는 쓴웃음을 지으며 천천히 낭독했다. "그게 여행 가방에 있더군."

아버지와 어머니가 바로 그때 도착했다. 어머니는 파니의 손을 잡고 있었다. 나는 내가 여기에 있다는 것을 그들에게 알리기 위해 팔을 들고는 우리 가족끼리의 신호를, 그러니까 슈베르트 가곡의 첫 소절을 휘파람으로 불었다.

파디가티는 돌아보더니 누워 있던 긴 의자에서 몸을 반쯤 일으키고는 정중하게 파나마 모자를 들어올렸다. 부모님은 동시에 응답했다. 어머니는 머리를 한 번 까딱거렸고, 아버지는 새로 산 새하얀 캔버스 모자의 챙을 두 손가락으로 살짝 두드렸다. 내가 파디가티와 같이 있는 것을 두 분이 별로 달가워하지 않는다는 건 곧장 알 수 있었다. 파니는 나를 보자마자 어머니에게 무언가를 묻기 위해 고개를 돌렸다. 분명 나에게 가도 되는지 물었을 텐데, 어머니는 만류하는 기색이 역력했다.

"네 여동생이 정말 사랑스럽구나. 몇 살이지?"

"열두 살요. 저보다 딱 여덟 살 어리죠." 나는 당황해서 대답했다.

"세 남매인 걸로 알고 있었는데."

"맞아요. 아들 둘에 딸 하나. 위아래 서로 네 살 터울이에요.

---

* "Mènin aèide teà peleiàdeo Achillèos." 호메로스가 쓴 서사시 『일리아스』의 첫 구절.

둘째 에르네스토는 영국에 있고요."

"총명하고 어여쁜 얼굴 좀 봐!" 파디가티는 파니에게서 눈을 거두지 못한 채 탄성을 질렀다. "저 자그마한 분홍빛 수영복이 어찌나 잘 어울리는지! 여자아이에게 장성한 오빠들이 있다는 건 언제나 큰 복이지."

"아직 아주 어린애예요." 나는 말했다.

"오, 그래 보여. 나도 기껏해야 열 살쯤 됐을까 생각했거든. 그런데 그게 꼭 그렇지만도 않아. 여자애들은 갑자기 훌쩍 커버리거든. 깜짝 놀랄 정도라니까…… 중학생이니?"

"네, 삼학년이에요."

마치 모든 인간이 성장하고 성숙하기 위해 치러야 하는 갖은 수고와 온갖 고통을 그 자신 안에서 저울질하듯이, 그는 아쉬움과 우수가 담긴 태도로 고개를 가로저었다.

하지만 그의 생각은 이미 다른 곳으로 향해 있었다.

"그런데 라베촐리 부부는?" 그가 물었다.

"글쎄요, 오늘은 정오나 되어서야 만날 거예요. 미사를 보러 갔거든요."

"아, 그렇군, 오늘은 일요일이지." 살짝 그의 몸이 떨렸다.

"그러면 이 기회에," 그는 일어서는 사이 잠시 멈추었다가 말을 이었다. "너희 부모님께 인사하러 가자."

우리는 이미 뜨겁게 달아오른 모래 위를 나란히 걸었다.

"내 느낌에," 걸어가는 길에 그가 말했다. "라베촐리 부인이 나를 그다지 좋아하지 않는 것 같아."

"아니에요. 그렇지 않을 거예요."

"어쨌든 그녀가 없을 때를 활용하는 게 좋겠어."

라베촐리 부부가 없을 때, 나의 어머니와 아버지는 단호하게 마음먹은 냉담한 태도를 고집하지 못했다. 특히 아버지는 금세 아주 화기애애하게 선생님과 대화를 시작했다.

가벼운 남서풍이 내륙으로부터 불어왔다. 태양이 아직 그 정점에 가닿기 전인데도 돛단배들이 모두 떠난 바다는 이미 어두워져 납빛을 띤 촘촘한 덮개가 드리운 듯했다. 조금 전에 『일리아스』 제1권을 읽은 탓인지, 파디가티는 자연에 대한 그리스인들의 감성과 호메로스가 바닷물을 표현할 때 사용한 '자줏빛'과 '보랏빛' 같은 수식어들에 부여된 의미와 관련한 견해를 밝혔다. 아버지는 당신 나름대로 호라티우스에 대해, 그리고 평소 나와 대화를 나눌 때 강조했듯이 당신이 현대시 영역에서 최고의 이상을 상징한다고 여기는 「의고擬古 송시」*에 대해 이야기했다. 그들은 서로 많은 공감을 표현하며 대화를 이어갔다(델릴리에르스가 바닷가의 막사에서 갑자기 모습을 드러내지 않으리라는 사실이 파디가티의 신경을 안정시키는 데 도움이 되는 듯했다). 여하튼 미사를 마치고 정오가 다 되어 도착한 라베촐리 가족이 우리의 대화에 합류했을 때 파디가티는 라베촐리 부인의 피할 수 없는 독설을 능숙하게 견딜 수 있을 정도였으며, 심지어 그녀의 말을 매우 설득력 있게 맞받아치기도 했다.

---

* Odi barbare. 1906년 노벨문학상을 받은 이탈리아 시인 조수에 카르두치 Giosuè Carducci(1835~1907)의 시집. 고대 그리스·로마의 운율을 현대 이탈리아어로 새롭게 재현했다.

그날도 그다음날들도, 우리는 해변에서 델릴리에르스를 다시 볼 수 없었다. 그는 차를 끌고 나가서 새벽 두시 전에는 돌아오지 않았고, 홀로 남겨진 파디가티는 더 자주 우리와 함께 있으려고 했다.

　그리하여 파디가티는 오전 시간마다 우리의 천막을 드나들었고(아버지로서는 라베촐리 부인과 정치 얘기를 나누는 대신 그와 음악, 문학, 예술을 토론할 수 있다는 것이 더없는 행복으로 여겨지는 듯했다), 오후에는 나와 라베촐리네 아이들이 있는 차나리니 카페 뒤편의 테니스장으로 오곤 했다.

　남성 이인조와 남녀 이인조가 겨루는 우리의 무기력한 공놀이는 전혀 신나지 않았다. 내가 그럭저럭 공을 칠 수 있는 실력이라면, 라베촐리 형제인 프란코와 질베르토는 라켓 쥐는 법이나 간신히 깨친 정도였다. 금발에 얼굴이 발그레하고 야리야리한 그들의 열다섯 살짜리 여동생 크리스티나(그 무렵 피렌체의 수녀원이 운영하는 학교에 다니던 그녀는 전 가족의 대단한 자랑거리였다)는 오빠들보다도 더 형편없는 선수였다. 언젠가 파디가티가 인자한 태도로 감탄하며 "멜로초의 연주하는 천사"[*]에 견주었던 그녀의 긴 머리카락은 흡사 작은 왕관을 두른 듯했다. 단 한 올의 머리카락이라도 헝클어진다면 그녀는 걷기조차 포기할 것이다. 그러니 포핸드 드라이브 타법이나 강력한 백핸드 드라이브에 신경을 쓸 리가 있겠는가!

---

[*] 〈연주하는 천사들Angeli musicanti〉은 15세기 이탈리아 화가이자 건축가인 멜로초 다 포를리Melozzo da Forli(1438~1494)가 그린 프레스코화이다.

그렇게 형편없고 따분했음에도, 파디가티는 우리의 놀이를 몹시 즐기는 듯했다. "멋진 공이야!" "한 끗 차이로 빗나갔어!" "아쉽구나!" 공을 칠 때마다 실수를 연발할지라도, 약간의 평가를 곁들이며 우리 모두에게 아낌없는 칭찬을 퍼부었다.

하지만 때때로 그에게도 공놀이가 다소 심드렁하게 느껴질 때가 있었다.

"시합을 해보면 어떨까?" 그가 제안했다.

"오, 제발!" 크리스티나가 얼굴을 붉히며 곧장 불평했다. "전 공 하나도 못 받아쳐요."

그는 그녀의 말에 귀기울이지 않았다.

"최선을 다해봐!" 그는 유쾌하게 소리쳤다. "파디가티 선생님이 우승한 팀에게 맛있는 산펠레그리노 오렌지주스 두 병을 상으로 줄 거야!"

그는 관리인의 오두막으로 황급히 달려가서, 낡고 기우뚱한 심판용 의자를 끌어냈다. 그러더니 적어도 이 미터 높이쯤 되는 의자를 두 팔로 끌어 코트의 한쪽으로 옮긴 뒤 마침내 그 위로 올라갔다. 차츰 하늘이 어두워졌다. 빛을 등진 그의 모자는 날벌레 무리에 둘러싸인 듯 보였다. 하지만 그는 드높은 가지 위의 거대한 새처럼 걸터앉아 내려올 생각을 하지 않았다. 날카롭고 단호한 목소리로 한 점 한 점 득점 수를 외치며, 경기가 끝날 때까지 공평한 심판이라는 자신의 임무에 몰두한 채 그 위에 머물렀다. 이유는 분명했다. 그는 하루하루 밀려오는 지독한 공허감을 채우기 위해 달리 어떻게 해야 할지 몰랐다.

12

아드리아 해에서 자주 그렇듯이 9월 초에 계절이 급작스럽게 바뀌었다. 8월 31일 단 하루 비가 내렸을 뿐이다. 하지만 그 이튿날, 아름다운 날씨는 어김없이 찾아왔다. 바다는 가만히 있지 못했고, 식물과도 같은 초록빛을 띠었다. 하늘은 보석처럼 한없이 투명했다. 따스한 대기에 작고 끈질긴 추위 한 줄기가 슬며시 끼어들었다.

피서객의 숫자가 점차 줄기 시작했다. 해변에서는 서너 줄이었던 천막과 파라솔이 금세 두 줄로 줄어들었고, 비가 온 다음에는 한 줄이 되었다. 이미 상당수가 철거된 막사 저편 모래사장은 불과 며칠 전까지만 해도 볼품없이 바싹 마른 덤불로 뒤덮여 있더니, 어느새 백합처럼 줄기가 긴 경이로운 노랑꽃들이 군데군데 놀라울 만치 수많은 꽃봉오리를 터뜨렸다. 그처럼 갑작스러운 개화의 의미를 정확하게 이해하기 위해서는 로마냐 해변을 한번 둘러보는 것으로 충분했다. 여름은 끝났다. 그 순간부터 여름은 한낱 기억에 불과했다.

그 틈을 타서 나는 최대한 공부에 전념했다. 다가오는 10월에 고대사 시험을 치를 생각이었기에 정오까지는 방에 틀어박혀 시험 준비를 했다.

오후에도 테니스 시간을 기다리면서 책상에 앉아 있기는 마찬가지였다.

어느 날 점심을 먹고 공부하는 중이었다(그날 오전 나는 해변에 나가지 않았는데, 일어나자마자 멀리서 들려오던 바다의 굉음이 수영하고 싶은 마음을 단번에 날려버렸기 때문이다). 정원에서 라베촐리 부인의 날카로운 목소리가 들려왔다. 그 내용이 분명하게 들리지는 않았다. 하지만 말투로 보아 어떤 일에 대해 분노하고 있는 것 같았다.

"오, 세상에…… 어제저녁 불미스러운 사건이……" 가까스로 몇 마디를 들을 수 있었다.

누구한테 화가 났을까? 뭣 때문에 우리한테 온 거지? 짜증스럽게 자문하던 나는 즉시 반사적으로 파디가티를 떠올렸다.

나는 식당에 내려가 정원으로 난 문 뒤에 서서 엿듣고 싶은 유혹을 물리쳤다. 그리고 한 시간 뒤에야 모습을 드러냈을 때 라베촐리 부인은 더이상 거기 없었다. 아버지는 언제나처럼 소나무 아래 그늘에 앉아 있었다. 자갈을 밟는 내 발소리를 듣자마자 아버지는 신문을 접어 무릎 위에 내려놓았다.

나는 테니스복 차림이었다. 한 손은 자전거 핸들을 잡고, 다른 손은 라켓을 쥐고 있었다. 그런데도 아버지는 물었다.

"어디 가니?"

이 년 전 여름, 학교 졸업시험을 성공적으로 치르고 이 주 쯤 지났을 무렵이었다. 여느 때와 같이 리초네에 머물던 중, 어머니가 어쩌다 알게 된 밀라노 출신의 서른 살짜리 부인과 결국 침대까지 간 일이(물론 첫 경험이었다!) 있었다. 나의 모험이 자랑스러웠는지, 아니면 걱정스러웠는지 모르겠지만 두 달 내내 아버지는 나의 모든 움직임을 하나도 놓치지 않고 지켜보았다. 별장에서 나갈 준비를 하거나 천막에서 벗어나기만 해도 그의 눈이 뒤따르는 걸 느낄 수 있었다.

아버지의 눈에서 그때와 똑같은, 주저하는 듯하면서도 조심성 없는 표정이 다시 나타났다. 피가 거꾸로 치솟는 것 같았다.

"몰라서 물으세요?" 내가 되물었다.

아버지는 잠시 말이 없었다. 초조하고 지쳐 보였다. 뜻밖이었을 것이 분명한 라베촐리 부인의 방문으로 인해 아버지는 여느 때와 같이 오후의 낮잠을 즐기지 못한 터였다.

"가봤자 아무도 없을 거야." 아버지가 입을 열었다. "조금 전에 라베촐리 부인이 다녀갔거든. 오늘 아이들이 거기에 가지 않는다고 말하러 왔어. 두 아들은 공부해야 하고, 크리스티나를 혼자서 보낼 수는 없다고 하더구나."

아버지는 정원 구석진 곳에 웅크리고 앉아 인형을 갖고 노는 파니를 향해 고개를 돌렸다. 티셔츠 위로 도드라진 작은 어깨뼈와 땋은 머리가 햇빛에 반짝이는 뒷모습이, 평소보다 더 연약하고 어려 보였다. 마침내 아버지는 맞은편에 놓인 등나무 안락의자를 가리켰다.

"잠깐 앉아봐." 아버지가 내게 불안한 미소를 지어 보이며 말했다.

내게 할 말이 있지만 마음이 썩 내키지 않는 것이 틀림없었다. 나는 못 들은 척했다.

"부인이 애써준 건 고맙지만 어차피 전 갈 거예요."

나는 등을 돌려 대문을 향해 걸어갔다.

"에르네스토가 쓴 거야." 아버지가 푸념 섞인 목소리를 높였다. "네 동생 편진데 읽지도 않을 거니?"

나는 대문 앞에서 몸을 돌렸고, 바로 그때 파니도 고개를 들었다. 멀리 떨어져 있었지만 아버지의 눈빛에 어린 질책의 표정이 똑똑히 보였다.

"좀 이따, 다녀와서요!" 이렇게 대답한 뒤 나는 자전거를 타고 달려갔다.

테니스장에 도착하니 파디가티가 있었다. 그는 전날 오후부터 거기에 놓아둔 심판 의자 옆에 선 채 정면을 응시하며 담배를 피우고 있었다.

그가 돌아보았다.

"아, 너 혼자구나. 다른 아이들은?"

나는 철망 울타리에 자전거를 비스듬히 세우고 그에게 다가갔다.

"그애들은 오늘 안 와요."

그는 입술을 비틀어 희미하게 미소지었다. 윗입술이 퉁퉁 부어 있었다. 그리고 멋진 금테 안경의 왼쪽 렌즈에는 금 두

줄이 가 있었다.

"이유는 잘 모르겠지만," 나는 말을 이었다. "프란코와 질베르토는 공부 때문인가봐요. 변명 같긴 하지만요. 어쨌든 바라건대……"

"이유는 말이지……" 파디가티는 씁쓸하게 내 말을 막았다. "분명 어제저녁에 일어난 일 때문일 거야."

"어떤 일이 있었는데요?"

"제발, 날 바보 취급하지 마라!" 그가 절망적으로 쓴웃음을 지었다. "오늘 아침 해변에 네가 보이지 않더구나. 그렇더라도 나중에, 점심을 먹으면서라도 네 부모님이 그 일에 대해 아무 말도 하지 않았을 리가!"

나는 아무것도 들은 바가 없다는 사실을 그에게 이해시켜야 했다. 라베촐리 부인이 "불미스러운 사건"이라고 말하는 소리를 들었지만(언제, 어떻게 들었는지도 설명하면서), 그 이상의 것은 모른다고 말했다.

그는 우선 기이하고 재빠르게 한쪽 눈을 찡긋하고는, 마치 문득 내 어깨 뒤 먼 곳의 어렴풋한 무언가에 매료된 듯 눈을 가늘게 뜨면서, 간밤에 그랜드 호텔의 로비에서 "모두가 지켜보는 가운데" 델릴리에르스와 벌인 "언쟁"에 대해 이야기하기 시작했다.

"내가 나무랐어. 하지만 작은 소리로, 너도 잘 알겠지만 최근 그의 생활에 대해서…… 쉴새없이 여기저기 돌아다니고…… 늘 차를 몰고 사라지고…… 얼굴도 거의 볼 수 없을 정도였거든. 그런데 어느 순간, 그가 어떻게 했는지 아니? 일어나더니 퍽 하고 내 얼굴 정면에 주먹을 세게 날리더군!"

그는 부어오른 입술에 손을 갖다 댔다.

"이거 보이니?"

"많이 아프세요?"

"뭐, 괜찮아." 그는 한쪽 어깨를 으쓱하면서 대답했다. "뒤로 쓰러지고, 처음 잠깐은 정신이 없었던 건 사실이야. 하지만 결국 주먹질, 그게 어쨌다는 거야? 불미스러운 사건도 그래, 대체 뭐가 문제라는 거지? 다른 일과 비교하면……"

그는 입을 다물었다. 나도 어찌할 바를 몰라 잠자코 있었다. 나는 "다른 일과 비교하면"이라는 말을 곰곰이 생각했다. 자신을 멸시하는 연인으로 인한 그의 고통을 상상하지 않을 수 없었고, 고백하자면 그의 마음을 가늠하는 순간 내가 느낀 것은 연민보다 혐오감이었다.

하지만 내가 이해한 것은 일부분에 지나지 않았다.

"오늘 한시에 호텔로 돌아가니 더 괴로운 소식이 기다리고 있었어. 내가 방에서 뭘 발견했는지 보렴."

그는 재킷 주머니에서 구겨진 작은 종이쪽지를 꺼내어 내게 내밀었다.

"읽어봐, 어서."

몇 자 되지 않아서 읽을 것도 없었다. 쪽지 한가운데 연필로 쓴 대문자 글씨 두 줄뿐이었다.

감사와 안부를 전하며
에랄도로부터

나는 다시 쪽지를 두 번 접어서 그에게 돌려주었다.

"떠났어, 그래…… 가버렸어." 그는 한숨을 내쉬었다. "하지만 최악의 일은……" 부풀어오른 입술과 목소리가 동시에 떨리며 그의 말이 이어졌다. "최악의 일은 내 물건을 몽땅 다 가져갔다는 거야."

"싹 다요?!" 나는 소리쳤다.

"그래. 내가 그를 위해 샀던, 어쨌든 그의 것인 차는 물론이고 내 물건까지 모두 가져갔어. 겉옷, 속옷, 넥타이, 여행 가방 두 개, 금시계, 수표책, 침대 옆 탁자에 두었던 현금 다발. 정말이지 빠뜨린 게 하나도 없더군. 심지어 내 이름이 인쇄된 편지지에, 빗과 칫솔까지 챙겨갔어!"

그는 울화통을 터뜨리듯 기묘한 외침으로 말을 마쳤다. 마치 마지막에 델릴리에르스가 훔쳐간 물건의 목록을 열거하는 것이 자신의 괴로운 심정을 더 강력한 자부심과 쾌감으로 바꿔놓기라도 하는 것처럼.

그때 사람들이 도착했다. 사내아이 둘과 여자아이 둘, 넷 모두 자전거를 타고 왔다.

"지금 다섯시 사십오분이야!" 여자애 한 명이 손목시계를 보고서 명랑하게 외쳤다. "테니스장을 예약한 건 여섯시지만, 경기하는 사람이 아무도 없으니 지금 들어가도 괜찮겠지?"

나와 파디가티는 테니스장에서 나와 차나리니 카페의 붉은 담벼락으로 길 끝이 막힌 아카시아나무 오솔길을 말없이 걸었다. 안뜰에서는 종업원들이 콘크리트로 된 댄스 플로어를 가로질러 오가며 탁자와 의자를 나르고 있었다.

"이제 어쩔 생각이세요?" 내가 물었다.

"오늘밤에 떠나. 리미니에서 아홉시에 출발하는 완행열차가 있는데, 열두시 삼십분쯤 페라라에 도착해. 호텔 숙박료를 치를 만큼의 돈이 남아 있어야 할 텐데."

나는 발길을 멈추고 그를 위아래로 쳐다보았다. 중절모를 비롯해서 그의 차림은 모두 도시에서 입던 그대로였다. 나는 중절모를 빤히 쳐다보았다. 그러니까, 델릴리에르스가 그의 물건을 몽땅 다 가져갔다는 것은 다소 과장된 얘기겠거니 생각했다.

"경찰에다 신고하지 그러세요?" 나는 냉담하게 말을 던졌다.

그가 나를 물끄러미 바라보았다.

"신고를 하라니!" 놀라서 더듬대는 말투였다.

갑자기 그의 눈에서 경멸로 가득한 불꽃이 번뜩거렸다.

"신고를 하라니!" 그는 한번 더 말하더니 다소 어처구니없는 이방인을 보듯이 나를 바라보았다. "그게 가능할 것 같니?"

13

우리 가족은 10월 10일 토요일 오후에 리초네를 떠났다.

지난달 중순쯤부터 기압계의 바늘은 '맑음' 표시에서 꼼짝하지 않았다. 그뒤로 줄곧 구름 한 점 없는 하늘과 더없이 잔잔한 바다가 펼쳐진 눈부신 날들이 이어졌다. 하지만 누가 그런 것들에 신경이나 쓸 수 있었을까? 아버지가 그토록 두려워했던 일이 불행히도 확실한 사실로 판명되었다. 파디가티가 떠나고 불과 일주일이 지났을 무렵, 지역 일간지 『코리에레 파다노』를 필두로 이탈리아의 모든 신문에서는 일 년 안에 인종법이 시행되어야 한다는 요지의 격렬한 비방 운동이 급작스럽게 시작되었다.

그 초기의 나날은 내게 악몽이나 다름없었다. 아버지는 뒤숭숭한 마음으로 신문을 구하기 위해 이른 아침 집을 나섰고, 어머니의 눈은 울어서 부어 있었다. 가엾은 아이 파니는 아직 현실을 몰랐지만, 어느 정도는 눈치채고 있었다. 나는 나대로 완고한 침묵 속에 스스로를 가두는 것으로 이 고통에 임했다. 분노로 가득찬 채 언제나 혼자 있었다. 해변의 긴 의자 위에 군림한 라베촐리 부인 앞에서, 아무 일 없다는 듯 태연히 그리스도교나 유대교에 대해, 더구나 예수 그리스도의 십자가형과 관련해 "이스라엘 민족"에게 물어야 할 죄악(그녀는 원칙적으로는 우리와 관련한 정부의 새로운 정책에 자신 또한 반대한다는 뜻을 잽싸게 내비쳤으며, 교황도 1929년의 한 담화에서 그러한 의사를 밝혔다고 말했다)에 대해 그녀의 설교를 듣는 모습을 상상할 때면 증오심마저 끓어올랐다. 여하튼 이도 저도 보기 싫어 나는 일찌감치 해변에 발길을 끊었다. 식사 시간마다 들어야 하는 아버지의 얘기만으로도 충분했으니까. 아버지는 매일매일 신문에서 읽는 악의에 찬 기사들을 향해 부질없는 비판을 쏟아놓으며 모두가, 또는 대부분이 언제나 "훌륭한 파시스트들"이었던 이탈리아 유대인들의 "애국적인 공로들"을 하나하나―푸른 눈을 크게 뜨고서 반복적으로―열거했다. 어쨌든 나 또한 절망적이었다. 나는 시험 준비에 열중하며 버텨나가려 했다. 하지만 오지의 언덕들을 누비는 긴 자전거 여행에 심취하게 되었다. 한번은 아무에게도 알리지 않고 산레오와 카르페냐까지 간 적도 있었다. 거의 사흘이 걸렸던 그 여정을 마치고 돌아왔을 때는 온통 눈물 범벅이 된 아버지와 어머니를 봐야 했다. 나는 머지않아 페라라로 돌아갈 일에 대해 생각을 곱씹었다. 그러면 일종의 공포심과 계속 커지기만 하는 마음의 고통이 앞섰다.

마침내 다시 비가 내리기 시작했고, 우리는 리초네를 떠나야 했다.

휴가에서 돌아올 때마다 언제나 그랬듯이, 집에 도착하자마자 나는 곧장 도시를 한 바퀴 돌아보고 싶은 마음을 억누를 수 없었다. 집의 수위인 투비 할아버지에게 자전거를 빌렸다. 그러고는 내 방에 발을 들여놓거나 비토리오 몰론과 니노 보테키아리에게 전화를 걸지도 않고, 정확한 목적지 없이 자전거에 올라 느긋하게 집을 나섰다.

저녁 무렵 도시를 둘러싼 안젤리 성벽에 이르렀다. 유년기와 청소년기에 수없이 오후를 보냈던 곳이다. 곧 성벽 꼭대기의 오솔길을 따라 자전거를 타고 유대인 공동묘지가 있는 곳까지 갔다.

나는 자전거에서 내려 나무줄기에 등을 기댔다.

우리의 고인들이 묻혀 있는 아래쪽 묘지를 바라보았다. 좁은 간격으로 듬성듬성 세워진 묘비 사이를 맴도는 중년의 남자와 여자가 보였다. 아마도 다음 기차를 기다리는 외국인들이겠지. 레비 선생님에게서 토요일 묘지 방문 허가증을 용케 받아낸 모양이었다. 손님이자 외국인으로서, 그들은 조심스러우면서도 무심하게 무덤 사이를 돌아다녔다. 그들을 바라보고 또 드넓게 펼쳐진 광활한 도시의 풍경을 바라보던 그때, 불현듯 나는 크디큰 온유와 평화와 애정 어린 감사의 마음이 가득 차오르는 것을 느꼈다. 지평선에 낮게 깔린 구름의 어두운 장막을 가르는 석양이 모든 것을 생생하게 밝히고 있었다. 발밑의 유대인 묘지, 거기서 조금 떨어진 산크리스토포로 성당의 후진後陳과 종탑, 그리고 시내 깊숙이 갈색 지붕들 위로 저 멀리 높이 솟은 데스테 성과 두오모 성당…… 어머니의 품 같은 내 도시의 오래된 얼굴을 되찾고 온전히 나를 위해 다시 한번 그 얼굴을 돌아보니, 최근 내게 고통을 안겨주던 그 잔인한 소외감을 순식간에 떨쳐버리기에 충분했다. 우리를 기다리고 있을지 모를 박해와 학살의 미래(이것이 우리 유대인에게 언제든 가능한 만일의 사태라는 소리를 어린 시절부터 나는 줄곧 들어왔다)가 이제는 두렵지 않았다.

집으로 돌아오는 길에 마음속으로 몇 번이고 되뇌었다. '누가 알겠어? 장차 무슨 일이 일어날지 누가 알 수 있겠어?'

하지만 이 모든 희망과 환영은 오래가지 않았다.

다음날 아침, 로마 대로에 있는 델라보르사 카페의 주랑 아래를 지나던 중 누군가 내 이름을 크게 외치는 소리를 들었다.

니노 보테키아리였다. 야외의 작은 탁자에 혼자 앉아 있던 그는 나를 보고 일어서다가 에스프레소 잔을 죄다 엎을 뻔했다.

"돌아와서 반가워!" 그는 두 팔을 펼친 채 내 쪽으로 다가오며 외쳤다. "너를 보는 이 기쁨과 영광이 대체 얼마 만인지!"

그는 내가 그 전날 오후 다섯시에 페라라로 돌아왔다는 것을 알고 있었고, 왜 전화하지 않았느냐며 불평을 늘어놓았다.

"물론 넌 바로 오늘 점심시간에 전화하려던 참이었다고 말하겠지." 그는 웃었다. "할 말 있으면 해봐!"

정말로 그럴 생각이었기에 나는 당황스러워서 입을 다물었다.

"이리 와 어서, 커피 한잔 살게!" 니노는 내 팔을 잡고 끌었다.

"집으로 같이 가자." 내가 제안했다.

"이렇게 일찍? 아직 정오도 안 됐는데!" 그가 대답했다. "얼빠진 놈! 미사 마치고 나오는 여자들을 구경하지 않을 셈이야?"

그는 의자와 작은 탁자 사이로 나에게 길을 터주며 앞장서서 나아갔다. 그런데도 나는 몇 발자국 뒤에 멈춰 섰다. 모든 것이 귀찮았고, 모든 것이 상처였다.

"무슨 일이야?" 이미 다시 의자에 앉은 니노가 물었다.

"난 가볼게, 미안해." 나는 더듬거리면서 한 손을 들어 그에게 인사했다.

"기다려!"

그의 외침과 그가 커피값을 내기 위해 밟아야 했던 기나긴 절차(종업원 조반니는 50리라짜리 지폐를 거슬러줄 돈이 없었기에, 그 늙은이는 발을 질질 끌고 투덜대면서 근처의 바릴라리 약국으로 돈을 바꾸러 가야 했다) 덕분에 다른 손님들의 관심이 니노와 내게 쏠렸다. 많은 시선이 끈질기게 내게로 향하는 것을 느낄 수 있었다. 초창기 파시스트 행동대원들의 지정석이었던, 나란히 이어진 두 개의 작은 탁자에서도 대화 소리가 갑자기 뚝 끊겼다. 그날은 평상시의 삼인조 아레투시, 스투를라, 벨리스트라치 말고도 볼로냐 파시스트 지부의 비서관과 대학생파시스트단의 비서관 지노 카리아니가 앉아 있었다. 카리아니는 고개를 돌려 나를 흘긋 훔쳐보고는, 언제나처럼 굽실거리는 태도로 몸을 숙여 아레투시의 귀에다 대고 무언가를 속삭였다. 시아구라*는 얼굴을 찡그린 채 심각하게 고개를 끄덕였다.

니노가 거스름돈을 기다리는 동안 나는 몇 걸음 떼었다. 날씨가 매우 화창했다. 로마 대로는 그 어느 때보다도 흥겹고 활기차 보였다. 나는 주랑 아래서 거리 한가운데를 무기력하게 바라보았다. 대부분 상급반 학생들이 타고 있는 수십 대의 자전거가 페인트와 크롬도금에서 발하는 빛을 반짝거리며 일요일의 군중 사이를 미끄러지듯 나아가고 있었다. 열두세 살쯤 되어 보이는 금발머리 소년은 아직도 짧은 바지 차림으로 마이노 사의 경주용 회색 자전거에 올라 쏜살같이 지나갔다. 소년은 팔을 높이 들어 "여어, 안녕!" 하고 소리쳤다. 나는 몸을 움찔했다. 그러고는 누구에게 인사했는지 보려고 몸을 돌렸지만, 그사이 소년은 이미 조베카 대로의 모퉁이 뒤로 사라진 뒤였다.

드디어 니노가 내 앞에 도착했다.

"기다리게 해서 미안해." 그는 숨을 헐떡이며 말했다. "하지만 굼벵이 조반니 앞에선 그저 느긋하게 있을 수밖에 없다니까."

우리는 인도를 따라 나란히 걸어 두오모 성당 방향으로 나아갔다.

* '재난'이나 '불행'을 뜻하는 '시아구라Sciagura'는 『성벽 안에서』 중 단편 「1943년 어느 날 밤」을 비롯해 바사니의 다른 여러 소설에도 파시스트로 등장하는 인물인 카를로 아레투시의 별명이다.

니노는 자신과 가족에 대해 이야기하면서, 올해도 변함없이 모에나의 파사 계곡에서 가족 휴가를 보냈다고 했다. 초원, 전나무, 암소들과 소에 단 방울들…… 지금은 후회하고 있지만 내게 의례적인 엽서는 보낼 필요가 없다고 생각할 정도로 이전과 똑같았다고 했다. 여하튼 휴가 첫날부터 지루해 죽을 지경이었다고 말이다. 그나마 다행은 8월에 이 주 동안 전 사회당 의원인 마우로 삼촌*을 손님으로 맞은 것이었다. 그의 삼촌은 활기가 넘치는 성격 탓에 도착한 순간부터 가족 전체를 가만히 두지 않았다. 한시도 멈추지 않았으며, 그의 독수리 눈은 언제나 산 정상을 응시했다. 만약 니노가 곁에 붙어 있지 않았더라면, 누가 그를 감당할 수 있었겠는가? 아마 혼자서 돌로미티 산을 충분히 오르고도 남았을 것이다.

"음! 정말이지, 그 나이든 동지는 여전히 건장해." 니노는 넌지시 눈을 끔벅거리고는 말을 이었다. "정말 대단해! 목청껏 〈붉은 깃발〉†을 부르며 산을 오르는 삼촌을 보고 있자니 무척 즐겁더군. 우리는 서로 친구로 남기로 약속했지. 게다가 삼촌은 내가 졸업만 하면 그의 사무실에 시보로 채용한다고 장담했다고."

우리는 대주교 궁의 정문에 다다랐다.

---

* 바사니의 『성벽 안에서』에도 등장하는 인물. 특히 단편 「클렐리아 트로티의 말년」에는 전 사회당 하원의원이자 변호사로서 '페라라 법조계의 군주'로 불린다고 나온다.

† Bandiera Rossa. 이탈리아의 대표적인 민중가요, 혁명가요. 1908년 카를로 투치가 작사했고 롬바르디아의 민속음악에서 멜로디를 따왔다. 흥겨운 행진곡풍의 노래로 '붉은 깃발은 승리할 것이다!'라는 후렴구가 반복된다.

"이리로 지나가자." 니노가 제안했다.

그가 먼저 서늘하고 어두운 현관 로비로 들어갔다. 안쪽으로는 햇살이 가득했으며, 안뜰은 움직임 하나 없이 적막하게 반짝거렸다. 로마 대로의 소음은 이제 멀어져 있었다. 희미하고 불분명한 웅성거림 속에서 간신히 자전거의 경적 소리를 가려낼 수 있었다.

니노가 걸음을 멈췄다.

"휴가 얘기가 나와서 말인데," 그가 물었다. "델릴리에르스에 대해서 들었니?"

나는 기묘한 죄책감에 사로잡혔다.

"음, 그래……" 어이없게도, 나는 말을 더듬고 있었다. "지난달 리초네에서 봤어…… 해변에서 같은 무리에 있지 않았기 때문에 말은 고작해야 몇 번 나누었을 뿐이지만……"

"아, 그 얘기가 아니야, 좀!" 니노는 내 말을 중단시켰다. "리초네에서 저 꼴사나운 늙은 남색자 파디가티 선생님과의 밀월여행 소식은 모에나에도 순식간에 전해졌어. 너도 짐작할 수 있겠지만 말이야. 그러니까, 내가 너한테 확인하고 싶은 건 그게 전혀 아니라고."

니노는 일주일 전, 다름아닌 파리에서 보내온 델릴리에르스의 편지에 대해 말하기 시작했다. 그가 편지를 가지고 나오지 않은 것이 안타까웠다. 그는 내게 편지를 보여줄 셈이었다. 정말이지 그럴 만했다. 혐오스럽다고 할지 아니면 웃긴다고 할지, 갈피를 잡을 수 없는 그처럼 무례하기 짝이 없는 편지를 그는 그때껏 받아본 적이 없었다.

"역겨워!" 그가 소리쳤다.

그러고는 편지 내용을 과장해서 늘어놓았다. 문투에 대해, 그리고 페라라와 볼로냐를 오가는 그 여정의 길동무가 되어 큰 호의를 베풀었던 나와 우리 모두를 향한 모욕에 대해 얘기했다.

사실을 말하자면, 그 얼간이는 우리를 모독하기보다는 놀리려 했다고 니노는 웃으면서 덧붙였다. 우리를 응석받이에 촌놈이자 버릇없는 부르주아로 취급했다는 것이다.

"녀석의 계획 기억나?" 니노가 갑자기 딴 얘기를 꺼냈다. "머잖아 시합에서 작은 승리를 거두고, 누가 알겠냐만 그 이후 오로지 권투에만 전념한다고 했잖아. 어처구니없어. 그러기는 커녕 이미 돈 많은 어떤 새로운 게이, 아마 이번에는 국제적인 게이 놈 옆에 붙어 있을걸. 하지만 이번엔 끝까지 가겠지. 적어도 양껏 빨아먹을 때까지는 떠나지 않을 거야. 권투라고, 웃기는 소리 하네!"

그러고는 프랑스로 화제가 넘어갔다. 만약 딱한 처지만 아니었더라면(파시즘은 프랑스를 매우 딱하게 여기고 있었으며, 그 역시 이 점에 전적으로 동의했다), 프랑스는 그러한 부류의 모험가들이 들어오지 못하게 엄격한 금지령을 시행했을 것이라고 했다.

"우리 이탈리아에서는," 그는 갑자기 정색을 하더니 단호하게 말했다. "그와 같은 자들을 어떻게 해야 하는지 아니? 행정권에 부여된 모든 권한을 활용해서 처형하는 거야. 그러곤 안녕인 거지. 지금 같아서야 이탈리아 사회가 하나라고 할 수 있을까?"

그는 말을 마쳤다.

"놀랍군," 나는 태연하게 말했다. "머잖아 나를 불결한 유대인이라고 부르겠지."

그는 대답을 망설였다. 현관 로비의 흐릿한 빛 안에서 나는 그의 얼굴이 붉어지는 것을 보았다.

"가자." 그는 내 팔짱을 끼려고 몸을 돌렸다. "미사가 이미 끝났을 거야."

그는 대주교 궁의 작은 출구를 향해 다소 억지스럽게 나를 끌고 갔다. 어느새 우리는 두오모 광장이 보이는 고르가델로 거리의 모퉁이에 있었다.

14

정오의 미사는 막 끝나가고 있었다. 사내아이들과 청년들, 한가한 사람들의 작은 무리가 늘 그렇듯 두오모 성당 앞에서 어슬렁거렸다.

나는 그들을 바라보았다. 몇 달 전까지 나는 열두시 삼십분에 산카를로 성당이나 두오모 성당에서 나오는 주일의 신자들을 놓친 적이 없었다. 결국은 오늘 역시 그것을 거르지는 않았다고 생각했다. 이걸로 된 걸까? 오늘은 달랐다. 여느 때와 같이 저 아래쪽에서 장난과 불안이 반씩 섞인 마음으로 기다리고 있는 사람들 축에 끼지 않았으니까. 나는 광장 구석에 있는 대주교 궁의 출입구에 기대 있었다. 니노 보테키아리가 곁에 있다는 사실은 오히려 씁쓸함을 더할 뿐이었다. 나는 밖으로 내쳐진, 절대 받아들일 수 없는 불청객이 된 것만 같았다.

그 순간 신문팔이의 걸걸한 외침이 울려퍼졌다.

나이를 알 수 없는 얼간이, 사팔뜨기에 약간 발을 저는 첸초였다. 늘 겨드랑이에 두툼한 신문 꾸러미를 끼고서 길거리를 돌아다니는 그는 도시 사람 모두에게, 물론 가끔은 나에게 주로 친근하게 등을 철썩 맞거나 애정 어린 조롱을 듣거나 축구팀 스팔의 향후 운명을 예측해보라는 빈정거림에 시달리곤 했다.

첸초는 징을 박은 큼지막한 신발 밑창을 도로에 질질 끌며, 오른손에는 펼쳐진 신문을 높이 든 채 광장의 중앙을 향해 나아갔다.

"유대인에 대한 대평의회의 최근 조치입니다!" 그는 둔탁한 목소리로 무심하게 내질렀다.

뒤숭숭한 마음에 휩싸인 니노가 침묵하는 동안, 내 안에서는 이루 말할 수 없는 혐오감과 더불어 그리스도교와 가톨릭교, 다시 말해 이교도*라 할 수 있는 모든 것에 대한 아주 오래된, 그리고 대를 이어 전해진 유대인의 증오심이 치솟았다. 이교도, 이교도들…… 내가 이런 역겨운 말들을 쓰다니, 얼마나 수치스럽고 모욕적이고 몸서리치는 일인가! 하지만 이미 해버렸다고 마음속으로 말했다. 나는 자신의 게토 밖에서는 한 번도 살아본 적 없는 동유럽의 여느 유대인과 똑같아졌다. 나는 마치니 거리, 비냐탈리아타 거리, 그리고 막다른 골목 토르치코다에 있는 우리의 게토를 떠올렸다. 매우 가까운 장래에

---

* Goi. 유대인의 입장에서 비유대인, 이교도를 가리킬 때 쓰는 말. 히브리어로 '백성'이라는 뜻으로, 보통은 Goy로 쓴다.

그들, 이교도들은 칠팔십 년 전에야 마침내 우리가 벗어났던 참담한 중세 구역의 구불구불한 좁은 길에다 또다시 우리를 떼거리로 몰아넣으려 할 것이다. 우리는 겁먹은 많은 짐승들처럼 철책 뒤에 차곡차곡 쌓일 것이고, 거기서 절대 탈출할 수 없을 것이다.

"네게 그걸 말하려니 불편했어." 니노는 나를 바라보지 않은 채 입을 열었다. "하지만 지금 일어나는 사태가 날 얼마나 슬프게 하는지 넌 모를 거야. 마우로 삼촌은 비관적이야. 네게 숨겨봤자 소용없겠지. 한편으론 예상했던 일이기도 하고. 언제나 삼촌은 상황이 가능한 최악으로 치닫기를 원했으니까. 하지만 난 믿지 않아. 지금 상황이야 이렇지만, 이탈리아가 너희 민족에게 독일과 똑같은 입장을 취할 거라고는 믿지 않아. 결국 모두 물거품처럼 사라지게 될 거야."

니노가 한 말을 고맙게 여겨야 마땅했을 것이다. 결국 그가 달리 무슨 말을 할 수 있었겠는가? 하지만 나는 아니었다. 그가 이야기하는 동안 나는 그의 말, 특히 목소리에서 느껴지는 절망적인 어조가 유발하는 불쾌감을 간신히 숨길 수 있었다. "모두 물거품처럼 사라지게 될 거야"라니. 이보다 더 어설프고 무감각하고 우둔한 이교도가 또 있을까?

왜 삼촌과는 달리 낙관적으로 보는지, 나는 그에게 물었다.

"우리 이탈리아인들은 꼭 어릿광대 같아." 그는 내 빈정거림을 전혀 깨닫지 못한 채 대답했다. "어떤 일이든지 독일인들을 따라 할 수 있지. 행진할 때 다리를 곧게 뻗는 걸음걸이까지. 하지만 삶에 대한 비극적인 의식까지 따르지는 않아. 우리는 그저 너무 고루하고 회의적이고 고단할 뿐이야."

그제야 그는 잠자코 있는 나를 알아채고는, 방금 자신이 한 말이 부적절한데다 여러 오해의 소지를 피할 수 없음을 깨달았다. 갑자기 그의 표정이 바뀌었다.

"오히려 다행이야, 안 그래?" 그는 억지로 유쾌한 척 소리쳤다. "결국에 가서는 승리할 우리 라틴의 천년 지혜여, 만세!"

이탈리아에서 반유대주의는 심각한 정치적 형태를 띨 수 없다고, 다시 말해 뿌리내릴 수 없다고 그는 확신했다. "소위 아리아인"의 것에서 유대인의 "요소"를 단호하게 분리한다는 생각은 사실상 이탈리아에서 실현될 수 없다고 말이다. "사회 구조의 단면"을 놓고 볼 때 다소 전형적이라 말할 수 있는 도시, 페라라를 생각해보는 걸로 충분하다고 했다. 페라라에서 "이스라엘인들"은 모두 혹은 거의 모두가 도시 부르주아에 속하고, 어떤 의미에서 그들은 도시의 힘줄이자 척추를 이루는 존재이니까. 마찬가지로 그들의 다수가 파시스트였던 것도 사실인데, 내가 잘 알고 있듯, 그들 중 꽤 많은 수가 일찌감치 파시스트당에 가입해서 사회적으로 그들의 완벽한 연대와 융합을 보여주었다고 했다. 그 이름만 들어도 1919년에 이탈리아전투파쇼*의 지부를 처음으로 설립한 소그룹(카를로 아레투시, 베치오 스투를라, 오스발도 벨리스트라치, 볼로냐 의원과 다

---

* Fasci italiani di combattimento. 무솔리니가 1919년 3월에 밀라노에서 결성한 정치 단체이다. 최초의 파시스트 조직으로 1921년 11월에 해산되어 국가파시스트당으로 이어졌다. '묶음'이나 '동맹'을 뜻하는 '파쇼fascio'에서 '파시즘'이라는 명칭이 비롯되었다.

른 두세 명)에 속했던 제레미아 타베트 변호사보다 더 유대인
적이면서도 더 페라라적인 누군가를 상상할 수 있을까? 그리
고 엄밀히 말하자면, 우리 도시를 상징하는 문장紋章에 버젓하
게 초상이 포함될 정도로 유명한 임상의 엘리아 코르코스, 그
연세 지긋한 코르코스 선생님보다 더 '우리'라고 말할 수 있는
사람이 있을까? 그리고 나의 아버지는? 그리고 브루노의 아
버지 라테스 변호사는? 아니, 아니다. 유대인들의 이름에 전문
적이고 학술적인 직함, 의사, 변호사, 엔지니어, 크고 작은 업
체의 사장 따위의 신분이 빠짐없이 붙어 있는 전화번호부를
죽 훑어보더라도, 페라라에서 인종 정책이 실행되기란 불가
능하다는 인상을 즉시 받게 될 거라고도 했다. 그런 정책은 거
대한 귀족 저택에서 은둔하며 사는, 정말이지 이례적인 취향
을 가진 핀치콘티니 가문(그는 알베르토 핀치콘티니를 잘 알
고 있었지만, 그 가문의 저택에 있는 멋진 테니스장에 한번도
초대받지 못했다)과 같은 경우가 더 많이 있을 때나 "운용"될
수 있는 거라고. 하지만 페라라에서 핀치콘티니 가문은 확실
히 예외인데, 사라진 고대 귀족 가문처럼 고립된 생활방식은
말할 것도 없고, 에르콜레프리모 대로의 저택과 많은 토지를
소유하고 있음에도 그들은 반드시 해야 할 "역사적인 역할"을
수행하지 않았다는 이유를 댔다.

이 모든 것과 내가 기억하지 못하는 다른 것을 니노는 말했
다. 그가 이야기를 이어가는 동안, 나는 심지어 그를 쳐다보지
도 않았다. 광장 위의 하늘은 햇빛으로 가득했다. 이따금 하늘
을 가로지르는 비둘기들의 비행을 뒤쫓기 위해 나는 눈을 가

늘게 찡그려야 했다.

갑자기 그가 내 손을 잡으며 말했다.

"네 조언이 필요해. 친구로서의 조언."

"얼마든지."

"무조건 솔직하게 말해줄래?"

"물론이야."

그는 목소리를 낮춰 이야기를 시작했다. 이틀 전, 그는 "그 비열한" 지노 카리아니와 접촉한 일이 있다고 했다. 카리아니는 단도직입적으로 그에게 문화 담당관 일을 맡아달라고 제안했다. 그는 그 자리에서 수락하지도 거절하지도 않았다. 생각할 시간을 좀 달라고만 했다. 하지만 이제 결정을 내려야 했다. 그날 아침에도 내가 도착하기 직전 카페에서 카리아니가 그 얘기를 다시 꺼냈다고 했다.

"어떡하지?" 잠시 후에 그가 물었다.

나는 당혹스러워서 입술을 오므렸다. 하지만 그는 이미 다시 말을 시작했다.

"너도 알다시피, 나는 유서 있는 문중에 속해 있잖아. 그러니 내가 카리아니의 제안을 거절했다는 사실을 아버지가 알게 되면 노여워 난리치실 게 뻔해. 마우로 삼촌은 전혀 다를 거라고 넌 생각하겠지? 아버지의 부탁 한마디면 끝. 삼촌은 그저 편향적이라는 비난을 피하기 위해서라도 기꺼이 아버지의 말을 따를 거야. 결심을 바꾸라고 온화하게 권유할 삼촌의 얼굴이 벌써 눈에 선하다니까. 목소리까지 들릴 정도야. 아이처럼 굴지 말고 다시 생각해보라고 재촉하겠지. 왜냐하면 인생에서……"

그는 진절머리가 난다는 듯 웃었다.

"그런데 말이야, 나는 나 자신에 대해서도 전혀 장담하지 못할 정도로, 특히 우리 이탈리아인의 인간성과 기질을 별로 신뢰하지 않아. 친구, 우리는 로마식 거수경례만 남은 로마인의 나라에 살고 있어. 나 역시 스스로 묻곤 해. 그게 무슨 소용이지? 만약 내가 거절한다면 결국……"

"큰 실수를 범하는 셈이겠지." 나는 침착하게 그의 말을 막았다.

그는 믿기지 않는다는 눈빛으로 나를 바라보았다.

"진심으로 하는 말이니?"

"물론이야. 나로서는 네가 정당에서 혹은 정당을 통해서 경력을 쌓을 생각을 왜 하지 않는지 모르겠어. 내가 네 처지라면…… 말하자면 만약 너처럼 법학을 전공했다면…… 한순간도 망설이지 않을 거야."

나는 속생각이 밖으로 비치지 않도록 조심했다. 니노의 표정이 밝아졌다. 그는 담배에 불을 붙였다. 객관적이고 무심한 나의 태도는 틀림없이 그에게 충격으로 다가왔을 것이다.

그는 담배의 첫 한 모금을 길게 빨아 공중으로 다시 내뱉으며, 조언을 해주어서 고맙다고 했다. 하지만 아직 며칠 더 생각해보고 결정하겠다고 했다. 자기 생각뿐 아니라 상황이 어떠한지도 분명하게 살펴보고 싶다는 것이었다. 파시즘은 의심할 여지없이 위기 상황에 있고, 그것이 체제 안의 위기인지, 아니면 체제에 대한 위기인지 생각해볼 필요가 있다고 했다.

출세, 그건 좋지만, 그 과정 또한 무시할 수 없기에 내부에서 상황을 바꾸는 방법을 찾아야 할지, 그게 아니면 다른 수가 있는 건지 고민스러워했다.

그는 별 뜻 없이 손사래를 치며 말을 마무리했다.

어쨌든 그는 조만간 나를 보러 우리 집에 오겠다고 했다. "나는 문학도였고…… 시인이었어……" 그는 나에게 자주 쓰던 다정하면서도 방어적인, 즉 정치적인 어조를 띠면서 미소 지었다. 어쨌든 그는 나와 함께 모든 문제를 검토하는 것을 매우 각별하게 생각했다. 우리는 전화하고 만나고 서로 계속 연락을 취해야 해…… 그러니까, 반응을 보여야 해!

그는 담배 연기를 내뿜었다. 그러다가 난데없이 이맛살을 찌푸리며 물었다.

"그나저나 볼로냐에서 치르는 네 첫 시험이 언제지? 이런, 깜빡할 뻔했네. 철도 정기권을 미리 연장해야 해."

15

나는 파디가티를 다시 보았다.

거리에서였고, 밤이었다. 그다음달 11월 중순쯤, 습하고 안개 긴 밤. 나는 여느 때와 같은 냄새가 밴 옷을 입고 봄포르토 거리의 사창가에서 나와 집으로 돌아갈지, 아니면 가까운 성벽으로 가서 맑은 공기를 좀 쐬고 싶은 충동을 따를지 결정하지 못하고 출입문 앞에서 머뭇거리고 있었다.

주위는 완전히 적막에 싸여 있었다. 등뒤로 사창가의 집에서 세 목소리, 두 남자와 한 여자의 피곤함에 지친 대화 소리가 새어나왔다. 그들은 축구 얘기를 하고 있었다. 두 남자는 페라라의 축구팀 스팔에 대해 불평을 늘어놓았다. 스팔은 일차대전 이후 수년간 북부 이탈리아에서 가장 강력한 구단 중의 하나로 꼽힐 만큼 매우 훌륭한 축구팀이었다. 그러다 1923년에는 1부 리그 선수권대회에서 간발의 차이로 우승을 놓쳤다.

프로베르첼리 팀과 치른 마지막 경기에서 무승부만 되어도 우승할 수 있었는데 말이다. 이제는 3부 리그에 그치는 신세로 전락했고, 거기에 남기 위해서도 매년 분투해야 했다. 아, 중간 미드필더 콘도렐리, 뱁뻬 반피와 일라리오 반피 형제, 위대한 바우시의 시대는 정말이지 굉장했지! 여자는 아주 가끔 대화에 끼어들었다. 이를테면 "헛소리 집어치워, 너희 페라라 사람들은 여자를 너무 밝혀"라거나 "너희 팀은 볼을 다루는 기술이 문제가 아니라 할 일 없이 빈둥거리느라 망하는 거야" 같은 말을 했다. 나머지 두 남자는 그녀가 말하게 놔두었지만, 이내 하던 이야기를 다시 시작했다. 그들, 그 나이지긋한 흡연자들은 틀림없이 마흔다섯에서 쉰 살쯤의 오래된 고객일 것이다. 물론 매춘부는 페라라 출신이 아니겠지. 아마도 프리울리 부근에 있는 베네토 지방에서 왔을 것이다.

골목길에 깔린 뾰족한 자갈 위로 비틀거리면서 천천히, 무거운 발걸음이 다가오는 소리가 들렸다.

"도대체 원하는 게 뭐니? 배고픈 거야?"

파디가티였다. 짙은 안개를 뚫고 내 앞에 모습을 드러내기도 전에, 나는 목소리로 그를 알아보았다.

"멍청한 것, 더럽기 짝이 없네! 줄 수 있는 게 아무것도 없어. 잘 알잖아!"

그는 누구와 말하고 있을까? 어째서 부자연스러운 다정함으로 가득찬 불평을 내지르고 있는 거지?

마침내 그가 나타났다. 하나뿐인 가로등의 노란 불빛에 비친 그의 펑퍼짐한 윤곽이 안개 사이로 어렴풋이 보였다. 그는 한쪽으로 몸을 기울인 채 여전히 말을 이어가며 천천히 걷고 있었다. 나는 곧 그가 개에게 말하고 있다는 것을 알아챘다.

그가 몇 미터 떨어진 거리에서 멈춰 섰다.

"그러니까, 이제 날 조용히 혼자 둘래, 어쩔래?"

그는 위협하듯 손가락을 올리며 짐승을 똑바로 바라보았다. 흰색 바탕에 갈색 얼룩이 있는 중간 크기의 잡종 암캐는 애가 타는 촉촉한 눈으로 꼬리를 절망적으로 흔들어대며 아래서 그를 성가시게 했다. 자갈 위에서 의사의 신발을 향해 몸을 질질 끌고 가는가 하면, 완전히 그에게 복종하여 잠시 배와 다리를 허공에 내놓고 뒤로 벌렁 눕기도 했다.

"안녕하세요."

그가 개에게서 눈을 거두고 나를 바라보았다.

"어떻게 지내니?" 나를 알아본 그가 말했다. "잘 지냈어?"

우리는 악수를 했다. 징을 박아놓은 사창가 출입문 앞에서 우리는 서로 마주보고 서 있었다. 하느님 맙소사, 그가 어찌나 늙어 보이던지! 텁수룩한 잿빛 수염으로 뒤덮인 축 처진 뺨 때문에 예순은 돼 보였다. 불그스름하고 눈곱이 낀 눈꺼풀은 피곤한데다가 잠을 많이 못 잔 흔적이 역력했다. 하지만 안경 너머의 눈길은 여전히 생기 넘치고 명민했다.

"몸이 홀쭉해졌구나, 알고 있니?" 그가 말했다. "하지만 잘 어울려. 훨씬 남자다워 보이는군. 그런데 말이지, 살아가다보면 고작 몇 달 만에 인생이 큰 변화를 맞기도 하는 법이야. 때로는 수많은 세월보다 그 몇 달이 더 중요할 수 있지."

징이 박힌 작은 문이 열리더니, 거기서 네다섯 명의 청년이

나왔다. 시골 아니면 도시 변두리에서 왔을 법한 분위기를 풍겼다. 담배에 불을 붙이느라 그들은 빙 둘러서 있었다. 한 명은 문 옆의 벽으로 가더니 소변을 보기 시작했다. 그들 모두가 끈질기게 우리를 주시했다.

벽 앞에 멈춰 선 청년의 가랑이 아래로 구불구불한 실개천이 흘러 골목의 중심을 향해 빠르게 내려갔다. 그것에 암캐의 관심이 쏠렸다. 개는 조심스럽게 다가가 코를 킁킁거렸다.

"우리가 가는 게 낫겠어." 파디가티가 약간 떨리는 목소리로 소곤거렸다.

조용히 자리를 뜨는 사이, 우리 등뒤의 골목에서는 음란한 조롱과 웃음소리가 울려퍼졌다. 잠깐 나는 그 작은 패거리가 우리를 따라오는 건 아닌지 겁이 났다. 하지만 다행히도 그곳은 안개가 더 자욱해 보이는 리파그란데 거리였다. 길을 건너 맞은편의 인도로 올라가면 그만이었다. 그리고 이내 나는 우리가 자취를 감추었다고 확신했다.

우리는 몬타뇨네 대로를 향해 느린 걸음으로 나란히 걸어갔다. 자정을 알리는 소리는 한참 전에 울렸고, 거리에는 아무도 없었다. 닫거나 가린 덧문, 빗장을 지른 문이 줄줄이 이어졌으며, 거의 수중 전등 같은 불빛을 내는 가로등만 간격을 두고 서 있었다.

이렇게 늦은 시간이었기에 그때 도시를 배회한 사람은 아마도 파디가티와 나, 우리 둘뿐이었을 것이다. 그는 가라앉은 목소리로 쓸쓸하게 말했다. 자신의 불행에 관해서였다. 그는 이런저런 구실로 병원에서 해고되었다. 고르가델로 거리의 진료소에는 오후 내내 단 한 명의 환자도 방문하지 않는 날이 많다고 했다. 세상에는 그가 걱정해야 할 사람도, 부양해야 할 사람도 없었다. 재정적인 면에서 곤란한 상황이 아직 눈앞에 닥친 것은 아니다. 하지만 더없이 완전한 고독 속에서 모두의 적대감에 둘러싸인 이런 삶을 평생 지속할 수 있을까? 좌우간 그가 간호사를 해고하고, 더 작은 진료소로 옮기고, 그림들을 팔기 시작해야 할 순간은 그리 멀지 않았다. 그러하니 일을 찾아 다른 곳으로 즉시 떠나는 편이 더 바람직할 것이다.

"왜 그렇게 하지 않나요?"

"물론 그러는 게 맞겠지." 그는 한숨을 쉬었다. "하지만 내 나이에는…… 그리고 그렇게 할 용기와 힘이 내게 있다 해도, 그게 뭐 그리 큰 소용이 있겠나?"

몬타뇨네 가까이에 도착했을 때, 우리 뒤편에서 가벼운 발소리가 들렸다. 뒤돌아보니 조금 전의 그 잡종견이 숨을 헐떡이며 다가오고 있었다.

그 안개의 바다에서 냄새로 우리를 뒤쫓아왔다는 것에 기뻐하며, 개는 멈춰 섰다. 녀석은 길고 부드러운 귀를 뒤로 젖힌 채 컹컹 짖고 꼬리를 유쾌하게 흔들면서, 무엇보다도 파디가티를 향한 그 애처로운 충성의 표시를 또다시 반복했다.

"선생님 개예요?" 내가 물었다.

"무슨! 오늘 저녁 아쿼도토 부근에서 발견했어. 쓰다듬어줬는데, 그걸 너무 진지하게 받아들였나봐. 이런! 그때부터 녀석을 떨쳐버리지 못하고 있어."

나는 개의 젖퉁이가 통통하게 축 늘어졌고 젖이 불어 있는 것을 알아차렸다.

"새끼들이 있나봐요. 보이세요?"

"정말이네!" 파디가티가 외쳤다. "정말로 그렇군!"

그러고는 개를 돌아보았다.

"이 몹쓸 것아! 네 새끼들은 어디에 뒀니? 이 시간에 길거리를 쏘다니는 게 부끄럽지 않아? 이런 비정한 어미가 있나!"

개는 파디가티의 발에서 조금 떨어져 땅에 배를 대고 납작 엎드렸다. '날 때려요, 원한다면 어서 죽여요.' 이렇게 말하는 것 같았다. '당연히 그래야죠. 게다가 내게도 그게 나아요!'

의사는 몸을 굽혀 개의 머리를 쓰다듬었다. 그 짐승은 벌컥 진심 어린 격정에 휩싸여 그의 손을 정신없이 핥았다. 돌연히 위로 뛰어올라 순식간에 입맞춤하며 얼굴까지 핥으려고 했다.

"진정해, 진정해……" 파디가티가 거듭해서 타일렀다.

우리는 잡종견과 앞서거니 뒤서거니 하며 다시 한가롭게 거닐었다. 그러다보니 어느새 우리 집이 차츰 가까워지고 있었다. 우리의 걸음이 뒤처지면 개는 우리를 다시 놓칠까 두려운지 교차로가 나올 때마다 멈춰 서곤 했다.

"저것 좀 봐!" 그가 개를 가리키며 말했다. "이처럼 자신의 본성을 받아들여야겠지. 하지만, 어떻게 해야 그럴 수 있지? 너무 비싼 대가를 치러야 하지 않을까? 인간에게도 다분히 동물성이 존재하는데, 과연 인간이 복종할 수 있을까? 동물이라는 것을, 단지 한 마리의 동물임을 받아들일 수 있을까?"

나는 크게 웃음을 터뜨렸다.

"물론 아니죠." 나는 말했다. "이게 더 적절할 거예요. 이탈리아인이 인정할 수 있을까요? 다른 이탈리아 시민이 유대인이라는 것을, 단지 한 명의 유대인이라는 걸 말예요."

그는 당황스러운 눈빛으로 나를 바라보았다.

그러고는 잠시 뒤에 입을 열었다. "무슨 뜻인지 이해해. 최근 너와 네 가족을 자주 떠올렸거든. 정말이야. 하지만 내가 훈수를 좀 둬도 된다면, 만약 내가 네 입장이라면⋯⋯"

"뭘 해야 하지요?" 나는 맹렬하게 그의 말을 막았다. "내가 나라는 것을 받아들이는 것? 아니면 다른 사람들이 원하는 대로 순응하는 것?"

"나로서는 네가 왜 그러면 안 되는지 모르겠어." 그가 부드럽게 말했다. "이봐, 내 소중한 친구, 있는 그대로 존재하는 게 훨씬 더 인간다운 거야(그렇지 않았다면, 넌 여기 나와 같이 있지도 않았을 테지!). 왜 거부하고, 왜 맞서야 하지? 내 경우는 너랑 완전히 달라. 지난여름 그런 일이 있고 나서 난 스스로 견딜 수가 없었어. 더는 용납할 수 없었고, 해서도 안 되었지. 어떤 때는 거울 앞에서 수염을 깎는 것조차 견딜 수 없었다면 믿을 수 있겠니? 내가 할 수 있는 최소한은 옷을 다르게 입는 것이었어! 하지만 이 모자⋯⋯ 이 외투⋯⋯ 내 분신이나 다름없는 이 안경이 없는 나를 상상할 수 있겠어? 그런데도 이렇게 입는 것이 너무 우스꽝스럽고 기괴하고 터무니없게 여겨지는 거야! 오, 그래, 온 곳으로 돌아가기를 거부하는* 이 상황을 말

* 로마의 서정시인 카툴루스Catullus(기원전 84~기원전 54)의 시구(illud, unde negant redire quemquam)에서 일부를 인용하고 있다.

하기에 이보다 더 적절할 순 없어. 정말이지, 내가 할 수 있는 거라곤 아무것도 없다고!"

나는 잠자코 있었다. 델릴리에르스와 파디가티를 생각했다. 한 명은 가해자, 다른 한 명은 피해자. 보통 피해자는 가해자를 용서하고 받아들인다. 하지만 나는 아니다. 파디가티는 나를 잘못 봤다. 증오가 아닌 그 어떤 다른 것으로는, 나는 결코 증오에 대응할 수 없을 것이다.

나는 집 앞에 도착하자마자 주머니에서 열쇠를 꺼내 대문을 열었다. 암캐는 안으로 들어가고 싶어서 문틈으로 머리를 들이밀었다.

"비켜!" 내가 소리쳤다. "저리 가!"

그 짐승은 무서워 낑낑거리며 보호자의 다리 사이로 황급히 피했다.

"안녕히 주무세요. 늦었어요. 이제 정말 들어가야 해요."

그는 애정을 듬뿍 담아 악수를 건넸다.

"잘 자…… 잘 지내고…… 네 가족의 안녕을 비마." 그는 몇 번이나 반복해서 말했다.

나는 문턱을 넘었다. 그는 계속 미소지으며 팔을 들어 인사하면서 자리를 뜰 기미를 보이지 않았다. 개도 바닥에 앉아 의아한 표정으로 나를 올려다봤다. 나는 대문을 서서히 닫았다.

"전화 주실 거죠?" 문을 다 닫기 전에, 내가 재빨리 물었다.

"음, 글쎄," 그는 닫힐 듯 아슬아슬한 문틈을 통해 다소 신비로운 미소를 지으며 대답했다. "시간이 알려주겠지."

16

그는 이틀 뒤 점심시간에 전화했다. 우리는 식탁에 앉아 있었고, 아직 앉기 전이었던 어머니가 전화를 받았다.

어머니는 전화기가 놓인 방에서 금세 머리만 삐쭉 내밀고서 눈으로 나를 찾았다.

"네게 온 거야."

"누군데요?"

어머니는 어깨를 으쓱하면서 나에게 다가왔다.

"어떤 신사인데…… 이름은 정확하게 못 들었다."

산만하고, 미숙하고, 영원히 꿈속에 사는 어머니는 이와 같은 일을 제대로 해낸 적이 없었다. 우리가 해변에서 돌아온 뒤로는 이전보다 더 심해졌다.

"물어보면 되잖아요." 나는 짜증을 내며 대답했다. "그리 힘든 일도 아닐 텐데!"

나는 씩씩거리며 일어섰다. 하지만 벨이 울릴 때부터, 나는 전화한 사람이 누구인지 알고 있었다.

안으로 들어가 문을 닫았다.

"누구세요?"

"여보세요…… 나야, 파디가티." 그가 말했다. "방해했다면 미안해. 점심은 먹었니?"

나는 그의 목소리에 놀랐다. 수화기를 통해 그의 소리는 더 날카롭게 들렸다. 베네치아 억양도 훨씬 더 두드러졌다.

"아니, 아니요…… 죄송하지만, 잠시만 기다려주세요."

방문을 다시 열고 이번에는 내가 머리를 내밀었다. 누구와 통화하는지 말하지 않은 채, 어머니에게 미소를 지어 보이며 수프 그릇을 접시로 덮어달라고 손짓했다. 파니가 어머니보다 재빨리 손을 놀렸다. 궁금증도 일고 은근한 시샘도 느낀 아버지가 나를 바라보았다. 그러고는 "무슨 일이냐?" 하고 묻는 듯 턱을 치켜들었다. 하지만 나는 이미 어두운 방으로 다시 들어가버렸다.

"말씀하세요."

"아, 별일 아니야." 선생님은 전화기 반대편에서 킬킬 웃었다. "네가 전화 달라고 했잖아. 그래서…… 그런데 내가 방해했나보구나!"

"천만에요." 나는 부인했다. "전화 주셔서 기뻐요. 만날까요?"

나는 약간 망설이다가(그도 분명 알아차렸을 것이다) 이어서 말했다. "저기요, 언제 한번 우리 집에 놀러오세요. 선생님을 보면 아버지가 많이 기뻐하실 거예요. 어떠세요?"

"아니야, 괜찮아…… 넌 정말 착하구나. 마음 써줘서 고마워. 아니…… 어쩌면 나중에, 정말 기쁘게…… 가게 된다면…… 진심으로 아주 기쁘게 가지!"

나는 무슨 말을 해야 할지 몰랐다. 한참 동안 수화기를 통해 그의 무거운 심호흡 소리만 듣고 있던 중, 침묵을 깨뜨리고 그가 먼저 입을 뗐다.

"그건 그렇고, 집까지 나를 따라온 그 개, 기억하니?"

나는 그의 말을 곧장 알아듣지 못했다.

"개라뇨?"

"알잖아, 지난밤에 봤던 암캐…… 비정한 어미 개 말이야!" 그가 웃었다.

"아, 그래요…… 암컷 잡종견."

"그 녀석이 내 집까지 따라왔었어." 그가 말을 이었다. "고르가델로 거리의 집 앞에 도착하자 돌아가지 않고 집으로 같이 올라가겠다고 버둥거리더군. 배가 고팠던 거야. 가엾은 것! 나는 찬장에서 살라미 끄트머리, 딱딱한 빵, 치즈 껍질 따위를 주섬주섬 모았지. 세상에, 눈 깜짝할 새 다 먹어치우는 그 엄청난 식욕을 너도 봤어야 했는데! 그런데 이게 다가 아니야. 그러고 나서, 상상이 안 되겠지만, 녀석을 침실까지 데리고 가야 했다니까."

"뭐라고요, 침대까지요?"

"휴, 진짜로 한 침대에서 잘 뻔했지 뭐야…… 우리는 이렇게 해결했어. 나는 침대에, 녀석은 방구석 바닥에. 개는 이따

128

금씩 잠에서 깨서는 가냘픈 소리로 낑낑거리다가 문으로 가서 긁어댔어. 나는 어둠 속에서 '거기, 앉아!' 하고 소리쳤지. 그러면 얼마 동안은 얌전하게 조용히 있었어. 하지만 십오 분이나 삼십 분 뒤에는 다시 시작하는 거야. 정말이지, 지옥 같은 밤이었다고!"

"나가고 싶어했다면 가게 놔두지 그랬어요?"

"굳이 이유를 대자면, 게을러서야. 일어나서 아래층까지 개를 끌고가는 게 귀찮았지…… 무슨 얘긴지 알 거야. 하지만 개가 정말로 나가고 싶어하자, 나는 서둘러서 원하는 대로 해줬어. 옷을 입고 개를 밖으로 데리고 나갔지. 그래, 이번에는 내가 개를 안내했어. 집으로 가는 길을 모를 거라는 생각이 문득 들었거든."

"그 개를 아쾨도토 근처에서 만나지 않았나요?"

"그렇고말고. 근데 내 말 좀 들어봐. 스피아나타 모퉁이에 있는 가리발디 거리의 끝에서, 어느 순간 '밤파!' 하고 외치는 소리가 들렸어. 자전거를 탄 그치는 빵집에서 일하는 갈색 머리 사내애였지. 개는 그애에게로 와락 달려들었어. 부둥켜안고 입맞추고, 자세한 건 말 안 해도 알겠지. 한마디로 야단법석도 아니었다고. 그러고서 둘은 같이 사라졌어. 그애는 자전거를 타고, 개는 그뒤를 따라서."

"맘 변한 여자처럼 말이죠?" 내가 농담을 던졌다.

"음, 약간은!" 그는 한숨을 내쉬었다. "개는 벌써 멀어져 있었어. 둘은 피안지파네 거리로 막 들어서려는 참이었는데, 그때 개가 고개를 돌려 나를 쳐다봤어. 믿을 수 있겠니? 나를 향해 '늙은 양반, 당신을 떠나서 미안해요. 하지만 난 정말로 이 젊은 친구를 따라가야 해요. 슬퍼하지 말아요'라고 말하는 것 같았지."

그는 슬픈 기색을 숨기며 혼자서 웃었다.

"하지만 너도 이건 절대 모르겠지." 하고 말을 이었다. "그 개가 뭣 때문에 밤새도록 나가고 싶어했는지 말이야."

"새끼들 생각 때문에 잠을 못 이룬 게 아니었을까요?"

"오호, 제대로 맞혔어. 그래, 새끼들 걱정 때문이었어! 어떻게 알았느냐고? 나중에 내 방구석, 개가 있던 자리에서 널따랗게 젖이 흘러 생긴 웅덩이를 발견했거든. 밤사이에 말하자면 젖이 불어올랐던 거지. 그래서 그토록 안절부절못하면서 끙끙거렸던 거야. 그 개는 오롯이 혼자서 아무도 모르는 고통을 견디고 있었던 거야. 불쌍한 것!"

그는 계속해서 개와 동물 일반에 대해, 그리고 인간의 감정과 매우 비슷한 동물의 감정에 관해 이야기했다. 그렇더라도 동물은 "어쩌면" 더 단순하고 더 직접적으로 자연의 법칙을 따른다고도 말했다. 그러는 동안 나는 가시방석에 앉은 기분이었다. 귀를 쫑긋 세우고 있을 부모님이 내가 누구랑 말하고 있는지 알아챌까봐 걱정이 되었다. 나는 그에게 단음절로만 대답했다. 이렇게 해서 그가 통화를 얼른 마치기를 내심 바랐다. 하지만 먹히지 않았다. 그는 전화기에서 떨어질 줄 모르는 것 같았다.

그날은 목요일이었다. 우리는 그주 토요일에 만나기로 약속했다. 그가 점심을 먹자마자 나에게 전화하기로 했다. 만약 날씨가 좋으면 우리는 전차를 타고 폰텔라고스쿠로에 가서 포 강을 볼 것이다. 최근 비가 온 뒤로 강물은 홍수경보 수위 가까이 바싹 차올랐을 것이다. 그 일대 장관을 상상해보라!

마침내 그는 작별 인사를 했다.

"안녕, 내 소중한 친구…… 잘 지내." 그는 뭉클한 마음에 수화기를 쉽게 놓지 못했다. "행운을 빌어. 너와 네 가족의……"

17

토요일 내내, 그리고 일요일에도 온종일 비가 내렸다. 어쩌면 이 역시 내가 파디가티와의 약속을 잊은 하나의 이유가 되었는지도 모르겠다. 그는 내게 전화하지 않았고, 나도 그에게 전화하지 않았다. 하지만 내가 약속을 어긴 것은 고의가 아니라 순전히 건망증 때문이었다는 것을 강조하고 싶다.

한시도 쉬지 않고 비가 내렸다. 나는 내 방 창문을 통해 정원의 나무들을 바라보았다. 폭우는 포플러나무와 두 그루의 느릅나무, 밤나무를 향해서 유독 맹렬하게 퍼붓는 듯했으며, 차츰차츰 나무들의 마지막 잎사귀들을 떼어냈다. 믿기지 않을 만큼 온전한 자태로 물을 뚝뚝 떨구는 중앙의 흑목련만 쏟아지는 빗방울을 즐기는 것 같았다.

일요일 아침, 나는 파니의 라틴어 공부를 도와주었다. 파니는 다시 학교에 가기 시작했지만 문법을 어려워했다. 이탈리

아어에서 번역한 문장을 내밀었는데, 틀린 부분이 수두룩했
다. 파니가 잘 이해하지 못하자 나는 화가 치밀어올랐다.

"이 멍청아!"

동생은 와락 울음을 터뜨렸다. 바다에서 그을린 갈색 피부
는 온데간데없었다. 그녀의 얼굴색은 다시 창백해졌고, 관자
놀이에 시퍼런 정맥이 비칠 정도로 투명해졌다. 흐느끼는 어
깨 위로 매끄러운 머리카락이 볼품없게 드리워져 있었다.

이제 나는 동생을 끌어당겨 안아주었다.

"왜 우는 거야?"

나는 동생에게 점심을 먹고 나서 영화관에 데려가겠다고
약속했다.

하지만 결국 집에서 혼자 나왔다. 난 엑첼시오르 영화관으
로 들어갔다.

"이층 좌석?" 나를 알고 있는 매표원이 창구에서 내려다보
며 물었다.

갈색의 곱슬머리에 날씬한 몸매, 두꺼운 분칠에 짙은 화장
을 한 그녀는 도무지 나이를 가늠할 수 없는 여자였다. 무거운
눈꺼풀 아래로 게으르게 힐긋대는 부르주아의 기괴한 우상,
그녀는 언제부터 거기 있었을까? 어머니가 가정부에게 딸려
우리를 영화관에 보냈던 아이 때부터 나는 그곳의 그녀를 항
상 봐왔다. 목요일에는 학교 수업이 없었기 때문에 우리는 주
로 수요일 오후에 영화관을 찾았다. 그리고 매번 이층 관람석
으로 올라가 영화를 보았다.

손톱에 매니큐어를 칠한 통통하고 하얀 손이 영화표를 내

밀었다. 그 침착한 동작에는 매우 단호하고 고압적인 무언가가 있었다.

"아니요, 일층으로 주세요." 나는 어쩔 수 없는 수줍음을 이겨내고서 무뚝뚝하게 요구했다. 그리고 바로 그때, 파디가티 선생님이 머릿속에 떠올랐다.

나는 좌석 안내원에게 표를 보여주고 실내로 들어가, 혼잡한 인파에도 불구하고 재빨리 좌석을 찾아 앉았다.

이상한 불안감에 나는 계속 스크린에서 시선을 돌리지 않을 수 없었다. 담배 연기와 어둠 속에서 이따금씩 그의 중절모와 외투, 그리고 그의 반짝이는 안경이 보이는 것 같았다. 나는 점점 초조해하면서 중간 휴식시간을 기다렸다. 그러다 마침내 불이 켜졌다. 하지만 불빛 아래(회색과 녹색 제복이 제일 많이 보이는 좌석 줄, 출입구에 늘어진 두꺼운 커튼 바로 옆 측면 통로, 그리고 축구 시합을 마치고 돌아온 청년들과 모자와 모피를 걸친 부인들과 아가씨들, 군대와 민병대의 장교들과 거의 잠이 든 노년과 중년의 남자들이 천정까지 잔뜩 들어찬 저 위 이층 좌석까지 나는 온 사방을 다 둘러본 뒤에야), 나는 혹시나 하고 여겼던 모든 사람이 그가 아니었으며 그는 여기 없다는 사실을 깨달았다. 아니, 그는 여기에 없었어. 나는 마음을 가라앉히려고 애쓰며 혼잣말을 했다. 그가 반드시 여기에 있어야 할 이유가 없잖아? 페라라에는 여기 말고도 영화관이 세 곳이나 더 있는데. 게다가 그는 언제나 저녁식사 후에 영화 보는 것을 즐기지 않았는가.

일곱시 삼십분쯤 영화관에서 나왔을 땐 비가 완전히 그쳐 있었다. 조각조각 찢긴 구름 덮개가 별이 총총한 하늘을 드러 내 보였다. 따뜻한 강풍이 불어와 길바닥을 빠르게 말렸다.

나는 에르베 광장을 가로질러 베르살리에리델포 거리로 접 어들었다. 그러고는 고르가델로 거리의 모퉁이에서 그의 아파 트에 난 다섯 개의 창문을 바라보았다. 모든 창문이 닫혔고 깜 깜했다. 카이롤리 거리에 있는 가까운 공중전화로 가서 그에 게 전화를 걸어보았다. 헛수고였다. 통화 연결음만 적막하게 들릴 뿐 아무도 받지 않았다.

시간이 조금 흐른 뒤 다시 그의 집에 가보았고, 그 이튿날 인 월요일 아침에도 공중전화로 가 전화를 걸어보았지만 결 과는 똑같았다.

'여행을 떠난 모양이야.' 나는 전화 부스에서 나오며 마침내 결론을 내렸다. '돌아오면 분명 나타나겠지.'

고요하게 내리쬐는 오후 한시의 햇볕을 받으며 나는 사보 나롤라 거리로 내려왔다. 몇 안 되는 사람들이 인도를 따라 흩 어져 있었다. 열린 창문으로 라디오의 음악 소리와 요리 냄새 가 새어나왔다. 나는 걸어가면서 가끔 눈을 위로 들어, 처마와 그 아래 홈통의 윤곽을 역력히 드러내는, 완벽한 푸른색의 하 늘을 바라보았다.

산지롤라모 성당의 작은 광장 주변에 있는 지붕들은 아직 도 비에 젖은 터라 붉다기보다는 거의 검은색에 가까운 갈색 을 띠고 있었다.

나는 산부인과 병원의 입구 바로 앞에서 신문팔이 첸초와 마주쳤다.

"올해 스팔은 어떨 것 같아?" 나는 지역신문 『코리에레 파다노』를 사려고 걸음을 멈추며 물었다. "2부 리그로 올라갈 수 있을까?"

그는 자기를 놀리려는 건지 수상쩍어하며 흘깃 쳐다보고는 신문을 접어서 거스름돈과 함께 건넸다. 그러더니 목청껏 머리기사의 제목을 외치면서 자리를 떴다.

"볼로냐, 토리노에게 참패! 스팔, 카르피와의 경기에서 승리!"

집 대문의 자물쇠에 열쇠를 끼울 때까지도 적막한 거리에서 메아리치는 그의 아련한 목소리가 계속 귀에 맴돌았다.

위층의 어머니는 온통 기쁨에 들떠 있었다. 파리에서 동생 에르네스토가 이탈리아로 돌아온다는 내용의 전보가 도착했던 것이다. 내일 밀라노에서 한나절을 보내고, 여하튼 저녁식사 때는 페라라에 있을 것이라고 했다.

"아버지는 아세요?" 기쁨의 눈물을 흘리는 어머니를 감당하기가 조금 곤혹스러웠기에, 나는 노란색 전보용지를 계속 유심히 들여다보며 물었다.

"아니, 열시에 나가셨어. 오늘 시청에 갔다가 은행에 들러야 해서. 전보는 열한시 삼십분쯤에 도착했거든. 네 아버지가 얼마나 기뻐할까! 어젯밤 잠을 통 못 자더라고. '에르네스토도 집에 있다면 좋을 텐데!' 하고 몇 번을 얘기했는지 몰라."

"저한테 온 전화 없었어요?"

"없었는데…… 아니, 잠깐 있어봐."

어머니는 기억을 떠올리려 애쓰면서 얼굴을 찌푸리고는 오른쪽, 왼쪽을 바라보았다. 마치 전화한 사람의 이름이 바닥이나 벽에 적혀 있는 듯이 말이다.

"아, 있어…… 니노 보테키아리……" 마침내 기억해냈다.

"다른 사람은요?"

"없는 것 같네. 니노가 전화 좀 해달라고 간곡히 부탁했어…… 왜 니노를 좀체 만나지 않는 거니? 꽤 괜찮은 친구인 것 같은데."

우리는 단둘이서 식탁에 앉았다. 파니는 그날 학교 친구의 식사 초대를 받고 나간 터라 집에 없었다. 어머니는 에르네스토에 대해 얘기했다. 벌써 걱정이 한창이었다. 에르네스토가 법학이나 의학 과정에 등록했을까? 어쨌든 이제 그가 완벽하게 구사하는 영어는 분명 학업에서든 인생에서든 그에게 매우 유용할 것이다.

그날 아버지는 평소보다 늦게 들어오셨다. 아버지가 도착했을 때, 우리는 식사를 거의 끝내려는 참이었다.

"굉장한 소식이야!" 아버지는 거실 문을 활짝 열며 외쳤다.

그는 의자 위에 온몸의 무게를 실어 털썩 앉으며 "아아!" 하고 흡족한 탄성을 내질렀다. 얼굴은 지치고 핼쑥해 보였지만 환하게 빛났다.

아버지는 순간 주방 문쪽을 바라보며 요리사 엘리사가 들어오지는 않는지 확인했다. 그러고는 흥분하여 푸른 눈을 크게 뜨고는, 분명 모든 걸 털어놓을 작정으로 탁자 위로 몸을 쭉 뺐다.

하지만 아버지는 입을 떼지 못했다. 어머니가 기회를 놓치지 않고 전보를 펼쳐 아버지의 코앞에다 들이밀었던 것이다.

"우리도 중요한 소식이 있어요." 그러고서 어머니는 뿌듯하게 미소지었다. "자, 어떻게 생각해요?"

"아, 에르네스토가 보냈군." 아버지는 정신을 딴 데 두고서 대답했다. "언제 온대? 마음을 정했구나, 마침내!"

"언제 온다니, 무슨 소리예요!" 어머니가 기분이 상해 소리쳤다. "안 읽어봤어요? 내일 저녁이잖아요!"

어머니는 아버지의 손에서 전보를 와락 잡아챘다. 그러고는 부루퉁해진 얼굴로 조심스럽게 그것을 다시 접었다.

"당신 아들도 아닌 것처럼 구는군요!" 그녀는 앞치마 호주머니에 전보를 도로 꽂는 동안 눈을 내리깐 채 툴툴거렸다.

아버지는 고개를 돌려 나를 바라보았다. 화가 잔뜩 나서는, 나에게 변호와 도움을 구하는 눈치였다. 하지만 나는 입을 다물었다. 그 유치하고 사소한 말다툼에 개입해서 중재하고 싶은 마음이 들지 않았다.

"자, 어디 들어봅시다." 마침내 어머니가, 누구보다도 나를 생각하는 마음에서 한발 물러섰다.

18

아버지가 우리에게 말하려던 소식은 다음과 같다.

그는 삼십 분 전에 크레디토이탈리아노 은행에서 우연히 제레미아 타베트 변호사를 만났다. 우리도 잘 아는 바와 같이 그는 언제나 페라라 파시스트당의 '비밀스러운 일 내부'에 있을 뿐 아니라, 그의 각하 보키니 경찰청장[*]의 인정을 받으며 '친분'을 쌓고 있는 것으로도 유명했다.

은행에서 같이 나오면서 타베트는 아버지와 팔짱을 꼈다. 그는 최근에 볼일이 있어서 로마에 다녀왔는데, 이번 로마행으로 비미날레 궁전[†]의 문턱 너머를 슬쩍 엿볼 기회를 가질 수

---

[*] Arturo Bocchini(1880~1940). 1926년부터 1940년까지 이탈리아 파시스트 정권에서 경찰청장을 역임했던 인물.

[†] 로마의 비미날레 궁전은 1925년부터 이탈리아 내무부 청사와 총리 집무실로 사용되었다.

있었다고 아버지에게 털어놓았다. 시간과 상황을 고려하건대, 그는 각하의 비서관이 각하에게 자신의 방문을 미리 알리지 않았으리라 생각했다. 그런데 아니었다. 코라차 경무관은 상관이 일하는 넓은 집무실로 곧장 그를 안내했다.

"어서 오시게!" 타베트가 들어오는 것을 보고 보키니가 소리쳤다.

보키니는 자리에서 일어나 그를 마중하느라 집무실의 중간까지 걸어와서 열렬하게 악수를 하고는 안락의자에 앉으라고 했다. 그러더니 거두절미하고 최근 논란에 휩싸인 인종법에 관해 얘기하기 시작했다.

"타베트, 안심하기 바라오." 그는 이렇게 말했다. "바라건대, 당신과 같은 종교를 가진 동족들에게 가급적 평정과 신뢰의 마음을 심어주시오. 이탈리아에서 인종법은 절대 공포되지 않을 것이오. 내가 감히 보증하리다."

신문에서 여전히 "이스라엘 민족"에 대해 나쁘게 말하는 것은 사실이라고 보키니가 말을 이었다. 하지만 유대인을 몰아세우는 유일한 이유는 숨은 의도, 다시 말해 외교정책상의 전략 때문이라고 했다. 상황을 이해해야 했다. 최근 몇 달 동안 두체는 서구의 민주주의국가들로 하여금 이탈리아가 이제 독일과 단단히 결속됐음을 믿게 해야 할 "불-가-피-한" 필요성에 직면하게 되었다. 그렇다면 이러한 효과를 위해 약간의 반유대주의보다 더 설득력 있는 재료가 있겠는가? 우리는 침착하게 아버지가 전하는 말을 들었다. 보키니는 두체가 이후 직접 명령을 철회하는 것으로 간단히 끝날 문제라고 했다. 그러면 인테를란디와 프레치오시* 같은(경찰청장은 그들을 언급하면서 극도의 경멸감을 드러냈다고 한다) 소리만 시끄러운 경비견들은 얼마 안 가 짖기를 멈출 것이다.

"그러기를 바라야죠!" 어머니가 한숨을 내쉬었다. 커다란 밤색 눈은 천정을 향해 있었다. "무솔리니가 철회 명령을 한시라도 빨리 내리기를!"

엘리사가 파스타를 담은 둥그런 접시를 들고 들어오자 아버지는 입을 다물었다. 그때 나는 탁자에서 의자를 뒤로 뺐다. 그러고는 자리에서 일어나 라디오 선반으로 다가갔다. 라디오를 켰다. 라디오를 껐다. 마침내 나는 바로 옆의 등나무 안락의자에 앉았다.

나는 무엇 때문에 부모님의 희망을 공유하지 못하는 걸까? 그들의 열광에서 무엇이 나를 불쾌하게 하는 걸까? "주여, 주여⋯⋯" 나는 이를 꽉 물고서 혼자 중얼거렸다. "엘리사가 이 방에서 나가자마자 아버지는 다시 말을 시작하겠지."

절망적이었다. 너무도 절망적이었다. 경찰청장이 거짓말을 했다는 의심이 들어서는 아니었다. 아버지가 갑자기 너무나 행복해했기 때문에, 아니 더 정확히 말하면 그가 다시 행복해지기를 그토록 갈망하고 있었기 때문이었다. 그렇다면 내가 견딜 수 없었던 것은 바로 이것이었을까? 나 자신에게 물어보았다. 그가 기뻐하는 것을 못 참아서? 미래는 한때 그랬던 것

---

* 텔레시오 인테를란디Telesio Interlandi(1894~1965)와 조반니 프레치오시 Giovanni Preziosi(1881~1945)는 각각 기자와 정치인으로 파시즘 체제하에서 반유대주의 확산에 앞장선 인물들이다.

처럼, 예전처럼, 그에게 다시 웃음을 안겨줄 수 있을까?

나는 주머니에서 신문을 꺼내 1면을 슬쩍 훑고는 스포츠면으로 얼른 넘어갔다. 소용없었다. 토리노에서 막을 내린 유벤투스-볼로냐 시합에 관한 기사에 주의를 집중하려고 안간힘을 썼지만, 마치 첸초가 "볼로냐, 토리노에게 참패!"라고 외치는 소리를 듣던 때처럼 내 생각은 끊임없이 다른 곳으로 이끌렸다.

아버지의 기쁨은 부당하게 쫓겨났다가 선생님의 복귀 명령을 받고 교실로 돌아온 학생의 기쁨과 같았다. 삭막한 복도에 영영 추방되어 있으리라는 예상과 달리 갑작스럽게 친구들이 있는 교실로 돌아가는 것이 허락된 그 학생은, 벌칙을 면했을 뿐 아니라 아무 잘못이 없음을 인정받고 완전히 명예를 회복했다고 기뻐한다. 결국 아버지가 그 아이처럼 기뻐하는 것이 옳지 못한 걸까? 나에겐, 그렇다. 지난 두 달 동안 내게서 한시도 떨어지지 않았던 고독감이 바로 그 순간 한층 더 심해졌다. 총체적이며 결정적이었다. 나는 나의 유배지에서 돌아오지 않을 것이다. 절대로.

나는 고개를 들었다. 엘리사가 나갔고 주방의 문은 다시 잘 닫혀 있었다. 하지만 아버지는 계속해서 침묵을 지켰다. 접시 쪽으로 머리를 숙여 식사에만 집중했다. 그러면서 흡족한 미소를 보내는 어머니와 이따금 별로 중요하지 않은 몇 마디를 나눌 뿐이었다. 이른 오후의 긴 햇살은 어슴푸레한 실내를 헤치고 빛을 드리웠다. 옆에 붙은 응접실에서 흘러넘친 빛이 이곳까지 다다랐다. 식사를 마치면 아버지는 응접실로 가서 가죽소파 위에 몸을 뻗고 누워 잠을 청할 것이다. 거기서 외따로 고립된 채 보호받으며 잠든 아버지를 본 일이 있다. 마치 빛을 발하는 발그레한 고치 안에 있는 것 같았다. 아버지는 빛이 만들어준 천진한 얼굴을 하고서 자신의 망토에 싸여 잠들어 있었다⋯⋯

나는 신문을 다시 펼쳤다.

스포츠면의 맞은편, 그러니까 왼쪽 페이지 하단에 있는 중간 크기의 제목으로 내 눈길이 쏠렸다.

페라라의 유명한 전문의
폰텔라고스쿠로 인근
포 강에서 익사

몇 초 동안, 심장이 멈춘 것 같았다. 무슨 영문인지 몰랐고, 여전히 잘 이해되지 않았다.

나는 숨을 깊이 들이쉬었다. 그제야 이해할 수 있었다. 그래, 나는 제목 아래 반 토막짜리 기사를 읽기 전에 이미 알아챘다. 기사에는 물론, 시대적인 정서상 자살이라는 말은 일절 없었고(당시에는 자살이 누구에게도 용인되지 않았다. 세상에 남을 그 어떤 이유도 없는 치욕스러운 늙은이들에게조차 자살은 꿈도 꿀 수 없는 일이었다⋯⋯) 불행한 사고라고만 언급되어 있었다.

어쨌든 나는 기사를 끝까지 읽었다. 그러고는 눈을 감았다. 심장이 다시 규칙적으로 뛰기 시작했다. 잠깐 모습을 드러낸

엘리사가 또다시 우리만 남겨두고 사라지기를 나는 기다렸다. 그런 다음 침착하게, 그러나 주저함 없이 말했다.

"파디가티 선생님이 죽었어."

옮긴이의 말

　살다보면 때로 예기치 못한 인연과 마주치게 마련이다. 대개 인연은 절대자가 주관하는 듯한 운명적인 일로 생각되지만, 반짝하고 짧게 지나치는 연줄에 깊은 의미를 두고 싶은 때도 있다. 조르조 바사니와 『금테 안경』이 내게 그런 경우다.

　2013년 1월 페라라를 방문한 적이 있다. 문학 기행이라는 취지로 종종 이탈리아 작가와 작품에 관련된 장소들을 찾아서 떠나곤 하는데, 페라라는 르네상스 시대의 시인 루도비코 아리오스토의 흔적을 따라서 간 곳이었다. 아리오스토가 『광란의 오를란도』를 집필했던 집과 작가의 무덤이 있는 도서관을 방문한 뒤에 찬찬히 둘러본 페라라는 바사니의 도시이기도 했다. 그 당시 내게 바사니는 막연하게만 알고 있는 작가였지만, 유대인 묘지와 회당을 거쳐 비 오는 옛 게토 거리를 거닐며 언젠가 그의 소설을 번역하고 싶다는 생각을 했다.

작년 가을 아드리아 해안을 따라 리미니에서 페사로로 운전하며 가던 길에 우연히 들른 리초네와 그곳의 무솔리니 별장, 그즈음 계획에도 없던 볼로냐를 다시 방문하게 된 일 등은 내 바람과는 달리 순전히 우연의 연속이었고 나중에 이 소설의 번역을 맡게 된 것과 아무런 연관이 없을지 모른다. 하지만 이러한 우연들이 책을 번역하는 동안 놀라운 몰입을 가져다준 것은 분명하다. 활자가 곧장 머릿속에서 생생한 장면으로 이어졌으니 말이다.

『금테 안경』은 1958년 출간되었고, 이후 1974년 페라라에 관한 여섯 편의 소설을 엮은 바사니 선집 『페라라 소설』의 두 번째 작품으로 수록되었다. 『페라라 소설』의 최종판은 몬다도리 출판사에서 1980년에 나온다. 이번 번역은 펠트리넬리 출판사에서 2013년에 단행본으로 다시 간행한 『금테 안경』을 원본으로 삼았다. 처음 발표 당시 알베르토 모라비아와 이탈로 칼비노가 주목했고, 2000년 바사니의 죽음을 애도하며 안드레아 카밀레리가 극찬했던 이 소설은 파시즘 시대의 페라라를 무대로 펼쳐지는 이야기다. 파시즘은 극단적인 민족주의와 국가주의를 앞세워 갈등과 분열을 일으키고 다수에 속하지 않은 사람들을 절망과 고립으로 몰아넣었다. 바사니는 그 시대를 직접 경험한 유대인으로서 파시즘의 비인간성과 사회에서 소외되는 인간의 고통을 작품에 담아냈다. 이러한 맥락에서 이해되는 『금테 안경』에는 차별과 박해의 대상으로 유대인과 동성애자가 등장한다.

소설의 주인공은 베네치아 출신의 의사 아토스 파디가티이다. 온화한 성격과 섬세한 감성을 지닌 그는 페라라에서 시민들의 존경과 부러움을 받으며 풍족하고 만족스러운 삶을 살고 있었다. 그러다 동성애자라는 사실이 밝혀지면서 한순간에 인생이 바뀌게 된다. 작가 자신으로 추측되는 서술자 '나'는 페라라에 사는 유대인으로 볼로냐 대학의 학생이던 시절을 회상하며 주인공의 이야기를 전한다. 그는 모든 사람이 외면하는 파디가티에게 연민의 마음을 느끼고 친구가 되는데, '다름'과 '소수'를 인정하지 않는 체제에서 그 둘은 비슷한 처지에 있었기 때문이다.

이야기가 펼쳐지는 배경 공간은 이 소설에서 각별한 의미가 있다. 페라라와 볼로냐에서 리초네, 다시 페라라로 이동하는 소설의 공간은 이야기 전개의 전환점이 된다. 초반부는 대체로 유쾌하고 활기찬 분위기가 연출되다가 아슬아슬하게 숨어 있던 갈등이 해변 휴양지 리초네에서 표면화된다. 다시 페라라로 돌아왔을 때, 주인공에게 이 도시는 낯설고 혹독한 곳으로 변해 있었다. 한편 광장과 거리, 구역은 물론이고, 주요 건축물이나 시설 등 지도를 그대로 옮겨놓은 듯한 사실적인 묘사는 도시의 삶을 속속들이 들여다보는 재미를 안겨준다.

공동체에서 소외된 사람들은 고독과 외로움으로 빠져드는데, 이 암울한 정서는 소설의 후반부에 짙게 깔려 있다. 분노와 증오의 감정은 고발이나 폭로가 아닌 서정적인 묘사를 통해 더욱 강렬하게 드러난다. 적막에 싸인 밤거리, 느릿한 걸음으로 도시를 배회하는 두 남자(유대인과 동성애자)와 그들을 뒤따르는 길 잃은 개의 광경은 이 소설에서 가장 쓸쓸하고 애잔한 장면일 것이다.

주인공의 죽음이라는 결론에 이르기까지, 극심한 폭력이나 공격, 마찰의 상황은 벌어지지 않는다. 감정이 폭발하는 극적인 갈등이나 눈물샘을 자극하는 큰 감동의 사건도 없다. 심지어 주인공의 죽음 앞에서도 비통한 눈물은 없다. 하지만 이처럼 차분하고 담담한 서술은 서서히 스며드는 잔잔한 감동으로 다가온다.

이 책을 우리말로 옮기는 과정에서는 비극적인 현실과 주인공의 안타까운 삶에 대한 증언에 중심을 뒀다. 교정 작업을 거치며 몇 차례 다시 읽었을 때는 탐미적인 성격이 깊게 느껴졌다. 『금테 안경』은 1987년 줄리아노 몬탈도 감독의 영화로 제작되었고, 주인공을 연기한 프랑스 배우 필리프 누아레의 애수에 찬 눈빛은 잊을 수 없다. 여기에 루키노 비스콘티 감독의 영화 〈베네치아에서의 죽음〉(1971)이 오버랩되었다. 한 중년 남자가 베네치아의 리도 섬에서 미소년을 만나 사랑에 빠지고 그 열망으로 괴로워하다 죽음에 이르는 이 영화가 겹쳐지면서 소설 속 아드리아 해의 검은빛 바다는 〈블루 문〉의 달콤한 노랫소리와 어우러졌다. 끝없는 고독과 불행한 미래를 암시하는 소설 속의 장치에서 미를 향한 처절한 탐닉마저 느껴졌다.

치유할 수 없는 고독과 절망에 휩싸인 자는 결국 죽음을 택했고, 공허감만 남긴 지독한 탐미의 끝도 죽음이었다.

조르조 바사니 연보

1916년~   3월 4일 이탈리아 볼로냐에서 태어난다. 아버지 안젤로 엔리코 바사니와 어머니 도라 미네르비는 페라라의 부유한 유대인이다. 동생 파올로(1920년생), 제니(1924년생)와 함께 유년기부터 1943년까지 페라라의 치스테르나델폴로 거리에 있는 집안의 저택에서 산다. 세 살 때인 1919년 이탈리아에서 파시즘 운동이 시작되고 1921년 베니토 무솔리니가 집권한다. 초기에는 페라라의 많은 유대인이 파시스트당을 지지한다.

1926년~   페라라의 왕립 루도비코아리오스토 중고등학교에 입학하여 중학교 5학년 과정과 고등학교 3학년 과정을 다닌다. 이 시기에 처음 시를 쓰기 시작하고, 피아노도 꾸준히 치면서 한때 음악가를 꿈꾸기도 한다.

1934년   볼로냐 대학 문학부에 입학해서 기차로 통학한다. 대학 시절 운동에도 심취해 스키, 축구, 테니스를 즐겼고, 특히 테니스는 평생 취미가 되어 그의 여러 작품에서 언급된다. 테니스클럽에서 훗날 작가이자 영화감독이 되는 미켈란젤로 안토니오니를 만나 교유한다.

1935년   미술사가 로베르토 론기의 강의에 큰 감명을 받고, 대표적인 반파시즘 지식인 베네데토 크로체의 글에 심취한다. 페라라의 일간지 『코리에레 파다노*Corriere Padano*』 문화면에 첫 단편소설 「삼등석Terza classe」을 발표한다(『코리에레 파다노』는 무솔리니의 오른팔로 파시스트 정권의 핵심이던 이탈로 발보가 1925년 창간했으나 당시엔 넬로 퀼리치가 이끌었고 안토니오니가 영화비평을 맡을 만큼 문화면에 역점을 두던 시절이다).

1936년   『코리에레 파다노』에 「구름과 바다Nuvole e mare」「거지들I mendicanti」을 발표한다. 특히 「거지들」은 로베르토 론기의 극찬을 받는데, 이는 바사니가 작가의 길을 선택하는 데 큰 동기가 된다. 한동안 전직 초등학교 교사로 사회주의자이자 반파시즘 활동가인 알다 코스타(단편 「클렐리아 트로티의 말년」의 실제 모델)와 교유한다.

1937년   볼로냐에서 크로체의 제자인 미술비평가 카를로 루도비코 라기안티를 알게 되고 반파시즘 비밀조직에 가담한다.

1938년   반유대주의를 공식화하는 인종법이 공포된다. 이탈리아에서 유대인의 삶은 인종법 시행 전과 후로 극명하게 대비되며, 이는 바사니 소설 대부분에서 중요한 제재로 등장한다. 『코리에레 파다노』에 글을 쓸 수 없게 되고 테니스클럽에도 더이상 나가지 않는다. 좀더 적극적으로 반파시즘 활동에 나선다.

1939년   19세기 언어학자이자 작가로, 이탈리아 통일운동에도 참여했던 니콜로 톰마세오에 관한 논문으로 대학을 졸업한다.

1940년	첫 단편집『평야의 도시*Una città di pianura*』를 '자코모 마르키'라는 가명으로 출간한다. 1938년까지 쓴 작품들을 모은 책으로, 가명은 인종법에 따른 정치적 검열을 피하기 위해 외삼촌의 이름과 외할머니의 성을 붙여서 만든 것이다. 9월에 자주 드나들던 어느 개인 소유의 테니스장에서 스물두 살의 유대인 여성 발레리아 시니갈리아와 만나고 12월에 베네치아에서 결혼을 약속한다.
1941년~	이 시기 로베르토 론기의 세미나에 자주 참석하며, 대학 친구들과의 문학적 연대도 공고히 다진다. 정치적 활동도 계속되어 비밀 임무를 띠고 밀라노, 로마, 피렌체 등에서 주요 반파시즘 인사들을 접촉한다.
1943년	5월 반파시즘 활동으로 체포되어 페라라 시립 감옥에 갇힌다. 연합군이 이탈리아로 진격하는 상황에서 사위인 갈레아초 차노 외무장관 등 측근들마저 무솔리니에게 등을 돌리고, 결국 7월 24일 파시스트 대평의회에서 무솔리니가 실각된다. 이후 7월 26일 바사니도 감옥에서 풀려나고, 8월에 볼로냐에서 발레리아와 결혼한다. 신변의 위협을 느낀 두 사람은 페라라로 돌아가지 않고 피렌체로 가서 가짜 신분증을 만들어 체류한다. 무솔리니 실각 후 정권을 잡은 피에트로 바돌리오는 연합국에 가담하여 독일에 선전포고한다. 하지만 9월에 독일군이 남하해 감금 상태인 무솔리니를 구출하고 로마를 점령한다. 언제 밀고당할지 모르는 상황에서도 바사니는 행동당의 동료들과 반파시즘 활동을 계속하는 한편, 헤밍웨이의『무기여 잘 있

거라』를 번역하고 많은 시를 쓴다. 이탈리아 본토에서 독일군과 연합군이 공방전을 벌이는 가운데 독일은 이탈리아 북부에 무솔리니를 수반으로 하는 괴뢰정부 살로공화국을 수립한다. 12월에 바사니 부부는 로마 행 마지막 기차에 가까스로 올라타고 이후 사망할 때까지 로마에 거주한다.

1945년   첫 아이인 딸 파올라가 태어난다. 첫 시집『가난한 연인들의 이야기와 다른 시들*Storie dei poveri amanti e altri versi*』을 출간한다. 나치 독일이 패망함에 따라 무솔리니의 살로공화국 역시 종말을 맞이한다.

1947년   두번째 시집『빛이 다하기 전에*Te lucis ante*』를 출간한다.

1948년   영국 출신 문인이자 저널리스트 마거리트 카에타니가 창간한 문예지『보테게 오스쿠레*Botteghe Oscure*』의 편집장이 된다. '어두운 상점'이라는 의미의 잡지 제호는 잡지사가 위치한 로마의 델보테게오스쿠레 거리 이름에서 따온 것이다. 이 잡지를 통해 딜런 토머스, 르네 샤르, 앙리 미쇼, 모리스 블랑쇼, 조르주 바타유, 앙토넹 아르토 같은 외국 작가들과 마리오 솔다티, 카를로 카솔라, 이탈로 칼비노, 아틸리오 베르톨루치 같은 이탈리아 작가들을 널리 알리고, 파올로 파솔리니 같은 신진 작가들을 발굴하고 후원한다.

1949년   아들 엔리코가 태어난다.

1951년~   시집『또다른 자유*Un'altra libertà*』(1951)를 출간하고, 단편소설「마치니 거리의 추모 명판Una lapide in via Mazzini」(1952)과「저녁 먹기 전의 산책La passeggiata prima di cena」(1951~1953)을 『보테게 오스쿠레』에 발표한다. 소설가이자 영화감독인 솔다티, 안토니오니의 영화 시나리오 작업에 참여하기 시작하며, 이후 소설 원작 영화의 각색 작업을 비롯해 영화인들과 활발하게 협력한다.

1953년　로베르토 론기, 안나 반티가 1950년에 창간한 문예비평지 『파라고네Paragone』의 편집진에 참여한다. 작가이자 에이나우디 출판사의 편집자이던 이탈로 칼비노가 「마치니 거리의 추모 명판」을 높이 평가한다. 나중에 칼비노는 바사니에 대해 "이탈리아 부르주아 의식의 혼란상을 파헤치는" 작가로 정의한 바 있다.

1955년　소설 「클렐리아 트로티의 말년Gli ultimi anni di Clelia Trotti」이 니스트리리스키 출판사에서 발간되고 스위스의 문학상 샤를배용 상을 수상한다. 「1943년 어느 날 밤Una notte del '43」을 『보테게 오스쿠레』에 발표한다. 이탈리아의 문화, 예술, 자연 유산을 보호하고 후원하기 위한 협회 '우리 이탈리아Italia Nostra'를 동료들과 함께 창립한다.

1956년　다섯 편의 단편소설을 엮은 『페라라의 다섯 이야기 Cinque storie ferraresi』가 에이나우디 출판사에서 출간된다. 이 작품으로 이탈리아에서 최고 권위를 지닌 문학상인 스트레가 상을 받는다. 잔자코모 펠트리넬리가 1954년에 세운 펠트리넬리 출판사의 편집위원 겸 편집장이 되어 문학 총서 '오늘의 작가' '현대의 고전'을 기획한다. 『보테게 오스쿠레』와 『파라고네』에서 함께했던 작가들 대부분을 끌어들였고 주세페 토마시 디 람페두사 등의 새로운 작가들을 다수 발굴하며 1963년까지 출간 기획을 주도한다.

1957년   실비오다미코 국립연극아카데미의 연극사 교수가 되어 1967년까지 강의한다. 펠트리넬리 출판사에서 러시아 작가 보리스 파스테르나크의 『닥터 지바고』를 펴내 대성공을 거둔다.

1958년   『금테 안경Gli occhiali d'oro』을 『파라고네』에 먼저 발표한 뒤 에이나우디에서 출간한다. 알베르토 모라비아와 칼비노가 이 작품을 극찬한다. 특히 칼비노는 프랑스 세유 출판사 편집자 프랑수아 발에게 보낸 편지에서 바사니를 "요사이 등장한 이탈리아 작가들 가운데 가장 수준 높은 두세 작가 중 하나"로 소개한다. 몬다도리, 에이나우디 같은 대형 출판사들에서 모두 거절당한 람페두사의 『표범』을 펠트리넬리에서 출간한다. 바사니가 서문을 쓴 이 작품은 20세기 이탈리아 문학사의 가장 놀라운 발견이라는 평가를 받는다.

1960년   단편 「1943년 어느 날 밤」이 플로레스타노 반치니 감독에 의해 영화로 만들어진다. 각색에는 엔니오 데 콘치니와 파솔리니가 참여하고 바사니 자신은 간단한 조언만 한다. 『페라라의 다섯 이야기』와 『금테 안경』을 한 권으로 엮어 『페라라 이야기Le storie ferraresi』라는 제목으로 출간한다.

1962년   장편소설 『핀치콘티니가의 정원Il giardino dei Finzi-Contini』이 에이나우디에서 출간된다. 이 작품으로 비아레조 문학상을 받으며 작가로서 큰 명성을 얻고 상업적으로도 성공을 거둔다. 프랑스 갈리마르 출판사에서 『금테 안경과 다른 페라라 이야기들 *Les lunettes d'or et autres histoires de Ferrare*』이 출간되면서 그의 작품들이 세계 여러 나라에 소개되기 시작한다.

1964년   자전적 소설 『문 뒤에서 *Dietro la porta*』를 에이나우디에서 출간한다. 이탈리아 국영방송 라이Rai의 부사장으로 취임해 문화 프로그램을 담당한다.

1965년   '우리 이탈리아'의 대표를 맡는다.

1966년   자신의 에세이와 인터뷰 등을 모아서 엮은 『준비된 말과 그밖의 문학에 대한 글쓰기 *Le parole preparate e altri scritti di letteratura*』를 에이나우디에서 출간한다.

1968년   『파라고네』에 발표한 마지막 소설 『왜가리 *L'airone*』를 몬다도리 출판사에서 출간한다. 이 작품으로 이듬해 캄피엘로 문학상을 받는다.

1970년   『핀치콘티니가의 정원』이 비토리오 데시카 감독에 의해 영화로 만들어진다. 각색 작업은 처음 1963년에 시작되었으나 난항을 겪다가 바사니가 직접 참여해 비토리오 보니첼리와 함께 완성하지만, 그후 작가의 동의 없이 수정된 채로 영화가 제작된다. 바사니는 자막에서 자신의 이름을 빼라고 요구한다. 이듬해에 데시카 감독은 이 영화로 제21회 베를린국제영화제 황금곰상과 제44회 아카데미 시상식 최우수외국어영화상을 수상한다. 같은 해 로베르토 론기가 세상을 떠난 뒤 『파라고네』와의 협력관계도 끝난다.

1972년   단편들을 엮은 『건초 냄새 *L'odore del fieno*』를 몬다도리에서 출간한다. 문화와 예술에 대한 공로를 인정받아 프랑스의 레지옹도뇌르 훈장을 받는다.

1973년	『페라라의 다섯 이야기』를 수정하고 보완하여 『성벽 안에서Dentro le mura』라는 제목으로 출간한다.
1974년	페라라에 관한 모든 소설을 한 권의 책으로 엮은 『페라라 소설Il romanzo di Ferrara』을 출간한다. 이 책을 몇 해 전 세상을 떠난 자신의 오랜 친구이자 몬다도리의 편집자 니콜로 갈로에게 헌정한다. 시집 『비문Epitaffio』을 출간한다.
1978년	시집 『위대한 비밀 안에서In gran segreto』를 출간한다.
1980년	『페라라 소설』의 최종판이 몬다도리에서 출간된다.
1982년	시 작품 전체를 한데 엮은 『운율 있는 시와 없는 시In rima e senza』를 출간한다. 이 책으로 바구타 문학상을 수상한다. 이탈리아 정부에서 주는 황금펜 상을 수상한다.
1984년	1940년부터 1980년까지 신문과 잡지에 발표한 평론과 에세이를 모아 『마음 너머Di là dal cuore』를 출간한다. 1966년에 출간한 『준비된 말』에서 내용을 좀더 보태고 다듬은 책이다.
1987년	『금테 안경』이 줄리아노 몬탈도 감독에 의해 영화로 만들어진다. 엔니오 모리코네의 아름다운 음악과 영화 〈시네마 천국〉 〈일 포스티노〉로 유명한 프랑스 국민배우 필리프 누아레의 애상적인 연기가 인상적인 영화다.
1990년	알츠하이머병 증세가 나타난다.
1992년	국립린체이아카데미아에서 수여하는 안토니오펠트리넬리 상을 받는다.
2000년	4월 13일 로마의 산카밀로 병원에서 사망. 페라라의 유대인 묘지에 묻힌다.

추천의 말

•

안젤로 조에
(주한 이탈리아문화원 원장)

•

　20세기 이탈리아를 대표하는 소설가 중 하나인 조르조 바사니의 탄생 100주년을 맞이해 그의 주요 작품들이 한국에서 원전 번역으로 출간되는 것을 축하합니다.

　페라라의 유대인 집안에서 태어난 바사니는 유년기와 청년기를 페라라에서 보냈고, 그곳을 떠난 뒤에 페라라에 대한 작품을 썼습니다. 그에게 페라라는 이야기의 유일한 원천이라 할 수 있는 상상의 공간이자 기억의 장소입니다. 여러 작품에서 반복되는 무대인 이 도시는 작가 자신과 작품 속 등장인물들의 집단적 기억이 깃든 장소입니다. 이탈리아에서 유대인 차별을 공식화한 인종법이 발효된 1938년부터 1943년까지, (바사니 자신이 정의한 대로) '숙명적인' 이 오 년 동안의 페라라에서 벗어나지 않으려는 일종의 강박관념이 작가에게 있는 듯합니다. 그 기간에 집약적으로 겪어야 했던 고통이 작품을 창작하도록 이끌었던 것이지요.

바사니의 작품은 파시즘과 그에 따른 공포를 이해하지 못한, 유대인을 포함한 부르주아들의 근시안을 비판하는 듯합니다. 따라서 바사니는 파디가티의 동성애(『금테 안경』)를 비롯하여 핀치콘티니 가문이나 『왜가리』의 리멘타니에 이르기까지 소외를 주제로 삼은 정치적 작가처럼 보이기도 합니다.

하지만 거기에 그치지 않습니다. 회화로부터 영향받은 바사니는 서사적 장면 구성에서도 회화적으로 사유를 전개해나가는데, 이런 특징으로 인해 20세기 후반 이탈리아 문학계에서 독특한 위치를 차지하고 있습니다. 엘리오 비토리니, 카를로 카솔라 같은 리얼리스트도 아니고 알베르토 모라비아와도 멀리 떨어져 있습니다. 차라리 형식과 인물 묘사 능력에서 비할 바 없이 탁월한 19세기형 작가라고 말할 수 있을 것입니다. 그리고 마지막으로 자신의 주요 소설들을 하나로 엮은 『페라라 소설』 단 한 권으로 대표되는 작가라고 할 수 있지요. 하지만 페라라가 해석의 열쇠라고 생각하는 함정에 빠지지 않아야 합니다.

바사니는 자기 작업에 대한 이념적이거나 미학적인 일반화를 언제나 거부했습니다. 실제로 그는 비전형적인 작가로, 한 도시의 구체적인 시기를 배경으로 하는 여러 단편을 통해 하나의 총체적이고 위대한 이야기를 구축했지요. 그 도시는 연극의 무대처럼 바뀌지 않고 거의 그대로이며, 등장인물들도 언제나 똑같은 역할을 하지만 내면적으로는 바뀝니다. 외부적으로는 바뀌지 않지요. 역사가 바뀌어도 말입니다.

사건들은 아무리 비극적일지라도 언제나 잠정적인 상태에 있습니다. 그 사건들은 심연 속으로 들어가지만 이야기될 수 없고, 차별받고 체포되어 끌려가는 바사니의 등장인물들은 침묵합니다. 그래야만 다시 역사 속으로 들어갈 수 있고, 그 역사의 상처를 지우고 싶은 장소에서 다시 살 수 있기 때문이지요.

나중에 '성벽 안에서'라는 표제로『페라라 소설』에 포함된『페라라의 다섯 이야기』는 이차대전과 유대인 학살이라는 이해할 수 없는 공포 이후의 변하지 않은 현실로 안내하는 듯합니다. 그렇기 때문에 단편「마치니 거리의 추모 명판」의 제오 요즈는 사라져야 했습니다. 스코카 백작의 뺨을 후려치거나 사라진 유대인들의 사진을 보여주는 그 행동은 말할 수 없는 것을 드러냄으로써 정상으로 되돌아가려는 분위기에 훼살을 놓기 때문입니다.

「클렐리아 트로티의 말년」과「리다 만토바니」, 그리고『금테 안경』은 사회적 차별과 분리, 유배에 대해 이야기하고,「저녁 먹기 전의 산책」과「1943년 어느 날 밤」은 어떻게 타자의 세상이 자신의 세상을 이해하는 데 도움이 되고, 타자의 불의가 자신의 불의를 드러내는 데 도움이 되는지 보여줍니다.

『핀치콘티니가의 정원』은 바사니의 가장 매력적이고 논쟁적인 소설로, 마치 영화 같은 시간의 흐름과 공간 이동을 보여주는 독특한 문체를 지닌 작품입니다. 이야기는 (에트루리아인들의 공동묘지가 있는) 체르베테리로 가는 아우렐리아 도로에서 시작되어, 페라라의 어느 정원에서 전개됩니다. 이 정원은 밖에서 무슨 일이 일어나고 있는지는 파악할 수 있는 곳이지요. 무덤들에서 정원으로의 이동은 상징적입니다. 에트루리아인들의 죽음의 장소, 삶의 아름다움과 영원불멸의 이미지를 암시하는 물건들을 모아둔 이 장소는 핀치콘티니가 저택의 고독으로 연결되는데, 저택 사람들은 한 명만 제외하고 독일 강제수용소의 심연 속에서 모두 죽게 되지요. 이 작품의 주요 관념은 끔찍합니다. 자발적으로 세상과 단절한 자기유폐의 장소, 즉 차별성의 장소인 정원이 열리는 것은, 인종법이 (유대인) 추방을 정당화하면서 명백히 장엄한 비극을 야기할 때뿐입니다.

『문 뒤에서』는 페라라로 돌아오지만 핀치콘티니 저택의 담장 너머에 남아 있습니다. 그곳은 아득한 시간 속의 페라라이며, 현명하고 섬세하고 모호한 세계입니다. 학교에서 삶의 현장으로 이행하고, 기쁨과 고통의 순환, 그리고 모호성의 존재를 발견하는 이야기지요. 주인공 화자가 풀가에게서 받는 충격은, 가비노가 바사니의 마지막 소설(『왜가리』)에서 왜가리에게 가하는 충격과 똑같습니다. 삶의 종말에 대한 비극적이고 의미심장한 이 소설을 엘사 모란테가 좋아했지요.

바사니가 묘사하는 삶은 지평선 없는 삶이며, '무의식의 바닥 없는 심연'에서 또다른 무의식의 바닥 없는 심연으로 돌아가고, 자신을 해방시키는 자살을 통해 죽음의 절대적인 어둠으로 돌아가는 삶입니다. 그것은 자기 삶의 혼란스러운 파노라마 앞에 직면한 리멘타니에게 자유를 돌려줄 수 있는 유일한 행동이지요.

이번 선집을 통해 바사니 소설의 총결산인『페라라 소설』
이 한국 독자들에게 온전히 다가가 바사니 문학의 총체적인
면모를 느껴볼 수 있기를 기대합니다.

조르조 바사니 『페라라 소설』을 펴내며

•

김운찬

(대구가톨릭대학교 교수)

•

조르조 바사니(1916~2000)는 20세기 후반 이탈리아 문학계를 이끈 주역 중 한 명으로 자기만의 고유한 이야기 세계를 형성한 작가다. 이차대전이 끝난 뒤 전쟁의 폐허 속에서 이탈리아 문학과 예술은 네오리얼리즘을 주요 화두로 삼았다. 19세기의 건강한 리얼리즘을 되살림으로써 현실의 문제를 해결하고 침체된 당대 문화에 새로운 바람을 불러일으키려는 것이었다. 하지만 거기에는 다양한 경향과 흐름이 공존했고, 결과적으로 작가마다 서로 다른 목소리를 내며 지향하는 바가 조금씩 달랐다. 바사니 역시 네오리얼리즘의 주요 흐름에서 크게 벗어나지 않으면서도 애상적이고 서정성이 강한 작품을 통해 나름의 고유한 시선으로 현실을 형상화했다.

바사니가 남긴 소설 작품은 그리 많지 않다. 1940년부터 1970년대 초반까지 단행본으로 출판했거나 여러 문예지에 발표한 소설은 손으로 꼽을 수 있을 정도다. 그리고 그 작품 대부분을 『페라라 소설』이라는 한 권의 책으로 엮어 출간했는데, 여러 차례 수정과 보완 작업을 거친 최종판은 1980년에 출판되었다. 『페라라 소설』에 수록된 작품들을 순서대로 보면 단편집인 『성벽 안에서』(처음 출간 당시의 제목은 『페라라의 다섯 이야기』), 『금테 안경』『핀치콘티니가의 정원』『문 뒤에서』『왜가리』『건초 냄새』다. 각 작품은 독립적이면서도 다른 작품들과 서로 밀접하게 연결되어 있다(주요 작품들에서 화자로 등장하는 '나'는 작가 자신으로 보이며, 여러 작품에 등장하는 동일 인물도 많다).

바사니의 소설에서 핵심적인 키워드 두 가지는 '페라라'와 '유대인'이다. 페라라의 부유한 유대인 집안에서 태어난 그에게 파시즘 체제의 인종법과 유대인 박해는 개인적 삶과 문학에 지울 수 없는 흔적을 남겼다. 그런 쓰라린 역사적 경험은 당연히 그의 작품 여러 곳에서 중요한 모티프를 제공한다. 특히 성장소설 성격이 강한 작품에서는 고통스러운 시대적 상황이 감수성 예민한 등장인물의 정서와 어우러져 독특한 분위기를 자아낸다. 바사니는 섬세하고 예리한 시선으로 그 내면 세계를 서정성 깊은 문체로 형상화하고 있다.

『페라라 소설』은 그 제목에서 알 수 있듯이 이탈리아 북부의 도시 페라라를 무대로 한다. 페라라는 르네상스 시대에 데스테 가문을 중심으로 화려한 문화의 꽃을 피웠지만, 이제 부르주아들이 사회 지배계층으로 자리잡은 도시다. 그러다 파시즘 체제에서 엇갈린 선택의 갈림길과 운명에 직면해야 했던

이곳 사람들의 다양한 삶이 바사니 작품의 실질적인 주인공
이다. 그리고 대부분의 이야기는 당연히 유대인 공동체와 깊
숙이 관련되어 있다. 이렇게 실제 역사와 현실을 배경으로 하
는 바사니의 소설은 독자를 생동감 넘치는 삶의 현장으로 안
내한다.

그런 이유 때문인지 소설 여러 편이 영화로 제작되었다.
1960년 플로레스타노 반치니 감독이 『성벽 안에서』 중 단편
「1943년 어느 날 밤」을 영화로 제작했고, 1970년에는 〈자전
거 도둑〉으로 유명한 비토리오 데시카 감독이 『핀치콘티니가
의 정원』을, 1987년에는 줄리아노 몬탈도 감독이 『금테 안경』
을 영화화했다.

바사니 탄생 100주년을 맞이하여 주한 이탈리아문화원의
협력으로 바사니의 작품들이 우리나라에 처음으로 선보이게
되었다. 때늦은 감이 있지만 이탈리아 현대사의 가장 민감한
시기를 예리한 관찰과 심미적 문체로 형상화한 바사니의 작
품 세계를 들여다볼 수 있는 좋은 기회가 될 것이다.

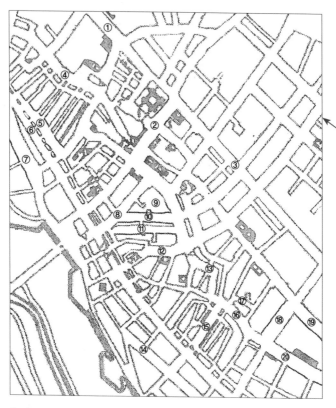

① 카보우르 대로
② 로마 대로
③ 조베카 대로
④ 가리발디 거리
⑤ 델레볼테 거리
⑥ 리파그란데 거리
⑦ 피안지파네 거리
⑧ 산로마노 거리
⑨ 구 게토
⑩ 비냐탈리아타 거리

⑪ 비토리아 거리
⑫ 시엔체 거리
⑬ 사라체노 거리
⑭ 델라기아라 거리
⑮ 살린궤라 거리
⑯ 보르고디소토 거리
⑰ 캄포프란코 거리
⑱ 마다마 거리
⑲ 치스테르나델폴로 거리
⑳ 스칸디아나 거리

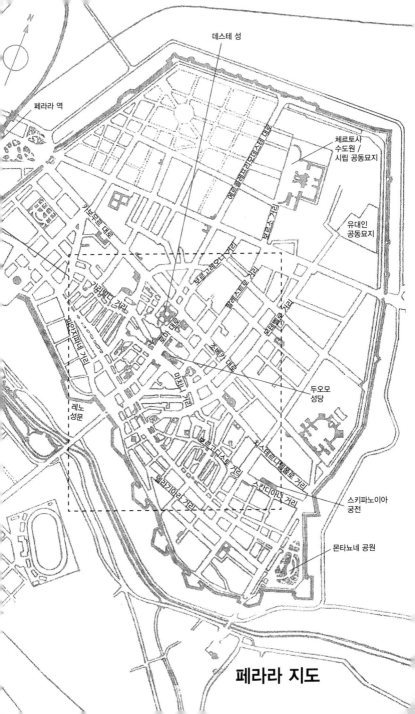

페라라 역

데스테 성

체르토사
수도원 /
시립 공동묘지

유대인
공동묘지

에르콜레프리모데스테 대로

아리오스토 거리

카보우르 대로

가리발디 거리

프라체스파니네 거리

볼로고레오나르디 거리

팔레스트로 거리

볼테파올로 거리

볼타 대로

조베카 대로

마치니 거리

두오모
성당

레노
성문

사라체노 거리

콜롬바 거리

스케르마 거리

카스텔로디틸로 거리

스키파노이아
궁전

올리가에라 거리

스카디아나 거리

몬타뇨네 공원

페라라 지도

조르조 바사니 선집 2
금테 안경

1판 1쇄 2016년 6월 25일
1판 5쇄 2023년 4월 3일

지은이 조르조 바사니
옮긴이 김희정

책임편집 김영옥 | 편집 홍상희 송지선 고원효
디자인 김이정 최미영 | 저작권 박지영 형소진 오서영
마케팅 정민호 김도윤 한민아 이민경 안남영 김수현 왕지경 황승현 김혜원
브랜딩 함유지 함근아 박민재 김희숙 고보미 정승민
제작 강신은 김동욱 임현식 | 제작처 영신사

펴낸곳 (주)문학동네 | 펴낸이 김소영
출판등록 1993년 10월 22일 제2003-000045호
주소 10881 경기도 파주시 회동길 210
전자우편 editor@munhak.com | 대표전화 031) 955-8888 | 팩스 031) 955-8855
문의전화 031) 955-2696(마케팅) 031) 955-3572(편집)
문학동네카페 http://cafe.naver.com/mhdn
인스타그램 @munhakdongne | 트위터 @munhakdongne
북클럽문학동네 http://bookclubmunhak.com

ISBN 978-89-546-4111-1 04880
      978-89-546-4109-8 (세트)

www.munhak.com

조르조 바사니 선집

스트레가, 비아레조, 캄피엘로, 바구타 등 이탈리아의 명망 있는 문학상을 휩쓸었을 뿐만 아니라 프랑스의 레지옹도뇌르 훈장, 스위스의 샤를베용 문학상까지 거머쥔 작가. 제발트, 모라비아, 칼비노 등 문학의 대가들이 극찬한 작가. 안토니오니, 데시카, 파솔리니 등 영화 거장들이 사랑한 이탈리아 현대소설계의 대부. 페라라의, 페라라에 의한, 페라라를 위한 작가!

성벽 안에서―페라라의 다섯 이야기
김운찬 옮김 | 288면

★ 1956년 스트레가 상

이탈리아 북부 도시 페라라를 무대로 한 5편의 단편집. 파시즘 체제하에서 살아가는 페라라의 유대인 공동체와 그 주변 인물들의 부서진 일상과 파편화된 내면 풍경이 사진처럼 지나간다. 「리다 만토바니」「저녁 먹기 전의 산책」「마치니 거리의 추모 명판」「클렐리아 트로티의 말년」(샤를베용 상), 「1943년 어느 날 밤」(플로레스타노 반치니 감독 영화화) 수록.

금테 안경
김희정 옮김 | 168면

★ 1987년 줄리아노 몬탈도 감독 영화화

1958년작. 모라비아, 모란테, 제발트가 '가장 아름다운 소설'로 손꼽은 바사니 문체 미학의 백미. 파시즘에 동조하며 호의호식하던 부르주아사회가 명망 있는 의사 파디가티의 동성애자 성정체성과 반유대주의적 인종법 앞에서 민낯을 드러내며 자기분열을 시작한다. 소외된 자들의 깊은 고독과 침묵이 서정적이고 애상적으로 그려진다.